LA HABITACIÓN DE
LOS REPTILES

*

4-04

* Una serie de catastróficas desdichas *

Segundo LIBRO

LA HABITACIÓN DE LOS REPTILES

de **LEMONY SNICKET**

Ilustraciones de Brett Helquist

Editorial Lumen

*

Título original: *The Reptile Room*
Traducción de Néstor Busquets
Publicado por Editorial Lumen, S.A.,
Ramon Miquel i Planas, 10
08034 Barcelona.

Reservados los derechos de edición en lengua
castellana para todo el mundo.

© Lemony Snicket, 2000
© de las ilustraciones: Brett Helquist, 2000
© de la traducción: Néstor Busquets, 2001

Primera edición: 2001
Impreso en: A & M Gràfic, S.L., Santa Perpètua de Mogoda.
Depósito legal: B. 14.126-2001
ISBN: 84-264-3741-9
Printed in Spain

*

Para Beatrice.
Mi amor por ti vivirá para siempre.
Tú, sin embargo, no lo hiciste.

LA HABITACIÓN DE
LOS REPTILES

*

El tramo de carretera que sale de la ciudad, pasando por el Puerto Brumoso, hacia el pueblo de Tedia es quizás el peor del mundo. Se le llama el Camino Piojoso. El Camino Piojoso recorre campos de un color gris enfermizo, donde un puñado de árboles de aspecto salvaje producen unas manzanas tan agrias que sólo con mirarlas te pones enfermo. El Camino Piojoso atraviesa el Río Macabro, un río que es barro en un noventa por ciento, que contiene peces extremadamente desconcertantes y que rodea una fábrica de rábanos picantes, de forma que toda aquella zona tiene un olor fuerte y amargo.

Siento deciros que esta historia empieza con los huérfanos Baudelaire viajando por esa carretera tan desagradable, y que a partir de este punto la historia sólo va a peor. De todas las personas del mundo que arrastran vidas miserables —y estoy seguro de que conocéis unas cuantas— los jóvenes Baudelaire se llevan la palma, frase que aquí significa que les han pasado más cosas horribles que a nadie. Su infortunio empezó con un tremendo incendio que destruyó su casa y causó la muerte de sus dos amados padres, tristeza suficiente para durar toda la vida, pero que en el caso de estos niños sólo fue un mal principio. Tras el incendio, los hermanos fueron a vivir con un pariente lejano llamado Conde Olaf, un hombre terrible y codicioso. Los padres Baudelaire habían dejado una enorme fortuna, que les sería entregada a los niños cuando Violet alcanzara la mayoría de edad, y el Conde Olaf estaba tan obsesionado por apropiarse del dinero con sus sucias manos que tramó un enrevesado plan que todavía hoy me produce pesadillas. Le descubrieron justo a tiempo, pero escapó y juró apropiarse de la fortuna de los Baudelaire en un futuro cercano. Violet, Klaus y Sunny todavía tenían pesadillas con los ojos muy, muy brillantes del Conde Olaf y con su única ceja hirsuta, y sobre todo con el ojo que llevaba tatuado en el tobillo. Era como si aquel ojo estuviese observando a los huérfanos Baudelaire allí donde fuesen.

Así pues, tengo que deciros que, si habéis abierto este libro con la esperanza de descubrir que los niños vivieron felices por siempre jamás, será mejor que lo cerréis y leáis cualquier otra cosa. Porque Violet, Klaus y Sunny, sentados en un coche pequeño e incómodo, y mirando por las ventanillas el Camino Piojoso, iban al encuentro de todavía peores miserias e infortunios. El Río Macabro y la fábrica de rábanos picantes eran sólo el anticipo de una serie de episodios trágicos y desagradables, que me hacen fruncir el entrecejo y llorar cada vez que pienso en ellos.

El conductor del coche era el señor Poe, un amigo de la familia que trabajaba en un banco y siempre tenía tos. Era el encargado de supervisar los asuntos de los huérfanos, y era él quien había decidido que los niños, tras los sucesos desagradables que habían padecido junto al Conde Olaf, fuesen educados por un pariente lejano que vivía en el campo.

—Lamento que estéis incómodos —dijo el señor Poe, tosiendo en un pañuelo blanco—, pero este coche nuevo no tiene capacidad para demasiada gente. Ni siquiera hemos podido meter una sola de vuestras maletas. Más o menos os las traeré dentro de una semana.

—Gracias —dijo Violet, que, con catorce años, era la mayor de los Baudelaire.

Cualquiera que conociese a Violet sabría que no estaba pensando en lo que decía el señor Poe, porque llevaba la larga melena recogida con un lazo para evitar que se le metiese en los ojos. Violet era inventora y, cuando estaba pensando en sus inventos, le gustaba recogerse el pelo así. La ayudaba a pensar con más claridad en los diferentes alambres, herramientas y cuerdas implicados en la mayoría de sus creaciones.

—Después de haber vivido tanto tiempo en la ciudad —prosiguió el señor Poe—, creo que el campo os resultará un cambio agradable. Oh, aquí está la curva. Ya casi hemos llegado.

—Bien —dijo Klaus en voz baja.

Klaus, como mucha gente que viaja en coche, estaba muy aburrido y sentía no tener un libro en las manos. A Klaus le encantaba leer y con poco más de doce años había leído más libros de los que lee mucha gente en toda su vida. A veces leía hasta bien entrada la noche, y por la mañana se le podía encontrar durmiendo con un libro en las manos y las gafas puestas.

—Creo que también el doctor Montgomery os va a gustar —dijo el señor Poe—. Ha viajado muchísimo y tiene muchas historias que contar. He oído que su casa está repleta de cosas que ha ido trayendo de todos los sitios donde ha estado.

—¡Bax! —gritó Sunny.

Sunny, la más joven de los huérfanos Baudelaire, hablaba a menudo así, como hacen los bebés. De hecho Sunny, aparte de morder cosas con sus cuatro dientes muy afilados, se pasaba la mayor parte del tiempo soltando palabras. A menudo se hacía difícil saber lo que quería decir. En aquel momento probablemente quería decir algo parecido a: «Estoy inquieta por conocer a un nuevo pariente». Los tres niños lo estaban.

–¿Cuál es exactamente el parentesco entre el doctor Montgomery y nosotros? –preguntó Klaus.

–El doctor Montgomery es, dejadme ver, el hermano de la mujer del primo de vuestro difunto padre. Creo que algo así. Es una especie de científico y recibe grandes cantidades de dinero del gobierno.

Como banquero, el señor Poe siempre estaba pensando en dinero.

–¿Cómo debemos llamarle? –preguntó Klaus.

–Deberíais llamarle doctor Montgomery, a menos que él os diga que le llaméis Montgomery. Se llama Montgomery de nombre y de apellido, o sea que no hay diferencia.

–¿Se llama Montgomery Montgomery? –inquirió Klaus sonriendo.

–Sí y estoy seguro de que es muy susceptible al respecto, así que nada de mofas –dijo el señor Poe, y volvió a toser en su pañuelo–. «Mofarse» significa «tomarle el pelo».

Klaus suspiró.

—Ya *sé* lo que significa «mofarse» —dijo.

No añadió que también sabía que no había que burlarse del nombre de nadie. De vez en cuando la gente pensaba que, como los huérfanos eran desdichados, también debían de ser imbéciles.

Violet suspiró a su vez y se quitó el lazo. Había intentado idear un invento que impidiese que el olor a rábanos picantes llegase al olfato de la gente, pero estaba demasiado nerviosa por conocer al doctor Montgomery para poder concentrarse.

—¿Sabe qué clase de científico es? —preguntó.

Pensaba que quizás el doctor Montgomery tuviera un laboratorio que ella podría utilizar.

—Me temo que no —admitió el señor Poe—. He estado muy ocupado preparándolo todo para vosotros tres y no he tenido demasiado tiempo para informarme de estos detalles. Oh, ahí está el camino de entrada. Hemos llegado.

El señor Poe condujo el coche por una pronunciada curva del camino de grava, en dirección a una enorme casa de piedra. La casa tenía una pesada puerta de entrada de madera oscura, con varias columnas delimitando el porche delantero. A ambos lados de la puerta había lámparas con forma de antorchas, que estaban encendidas a pesar de que era de día. Encima de la puerta principal había filas y filas de ventanas, la mayoría de las cuales estaban abiertas para dejar pasar la brisa. Pero delante de la casa había algo bastante inusual: un césped vasto y bien cuidado, dotado de unos arbustos largos y delgados de formas singulares. Cuando el coche del señor Poe se detuvo, los Baudelaire pudieron ver que los arbustos habían sido podados en forma de serpientes. Cada seto era una especie diferente de serpiente, algunas largas, otras cortas, algunas sacando la lengua y otras con la boca abierta, mostrando unos dientes verdes y temibles. Eran bastante misteriosas, y Violet, Klaus y Sunny dudaron un poco a la hora de pasar a su lado camino de la casa.

El señor Poe, que iba delante, pareció no fijarse en los arbustos, posiblemente debido a que estaba ocupado diciéndoles a los niños cómo tenían que comportarse.

—Bien, Klaus, no hagas muchas preguntas desde un buen principio. Violet, ¿qué ha pasado con el lazo que llevabas en el pelo? Me ha parecido que te daba un aspecto muy elegante. Y, por favor, aseguraos de que Sunny no muerda al doctor Montgomery. Eso no causaría una buena primera impresión.

El señor Poe subió las escaleras hasta la puerta y llamó al timbre, uno de los timbres más fuertes que habían oído los niños. Tras un momento de espera pudieron oír unos pasos que se acercaban, y Violet, Klaus y Sunny se miraron unos a otros. No tenían forma de saber, claro, que muy pronto habría más desdichas en su desdichada familia, pero con todo se sentían incómodos. *¿Sería el doctor Montgomery una buena persona?*, se preguntaban. *¿Sería como mínimo mejor que el Conde Olaf? ¿Podría ser peor?*

La puerta se abrió lentamente, y los huérfanos Baudelaire contuvieron el aliento y miraron la oscura entrada. Vieron una alfombra color borgoña en el suelo. Vieron una lámpara de vidrios de colores, que pendía del techo. Vieron un gran cuadro al óleo de dos serpientes entrelazadas, que colgaba de la pared. Pero ¿dónde estaba el doctor Montgomery?

—¿Hola? —dijo el señor Poe—. ¿Hola?

—¡Hola hola hola! —gritó una fuerte voz, y de detrás de la puerta surgió un hombre bajo y regordete, con el rostro redondo y colorado—. ¡Soy vuestro Tío Monty y llegáis en el momento oportuno! ¡Acabo de preparar una tarta de coco!

—¿A Sunny no le gusta el coco? —preguntó Tío Monty.

Él, el señor Poe y los huérfanos Baudelaire estaban sentados ante una mesa verde, cada uno con un trozo de la tarta de Tío Monty. Tanto la cocina como la tarta seguían calientes por el calor del horno. La tarta era magnífica, rica y cremosa, con la cantidad perfecta de coco. Violet, Klaus y Tío Monty estaban casi acabando sus raciones, pero el señor Poe y Sunny sólo habían comido un pedacito.

—A decir verdad —dijo Violet—, a Sunny no le gusta comer cosas blandas. Ella prefiere alimentos duros.

–Algo poco habitual en un bebé –dijo Tío Monty–, pero muy habitual en muchas serpientes. La Masticadora de Berbería, por ejemplo, es una serpiente que debe tener algo en la boca todo el tiempo, de no ser así empieza a comerse su propia boca. Muy difícil de mantener en cautividad. ¿Le gustaría a Sunny una zanahoria cruda? Es algo muy duro.

–Una zanahoria cruda sería perfecto, doctor Montgomery –contestó Klaus.

El nuevo tutor legal se levantó y se dirigió a la nevera, pero de repente dio media vuelta y negó con el índice, mirando a Klaus.

–Nada de «doctor Montgomery» –dijo–. Es demasiado formal para mí. ¡Llámame Tío Monty! Ni siquiera mis compañeros herpetólogos me llaman doctor Montgomery.

–¿Qué son herpetólogos? –preguntó Violet.

–¿Cómo te llaman? –preguntó Klaus.

–Niños, niños –dijo el señor Poe con severidad–. No tenéis que hacer tantas preguntas.

Tío Monty sonrió a los huérfanos.

—Está bien —dijo—. Las preguntas demuestran una mente curiosa. La palabra «curiosa» significa...

—Sabemos lo que significa —dijo Klaus—. «Llena de preguntas.»

—Bueno, si sabéis lo que significa esto —dijo Tío Monty, dándole una zanahoria a Sunny—, deberíais saber también qué es la herpetología.

—Es el estudio de algo —dijo Klaus—. Cuando una palabra tiene *ogía* es el estudio de algo.

—¡Serpientes! —gritó Tío Monty—. ¡Serpientes, serpientes, serpientes! ¡Eso es lo que estudio! ¡Adoro las serpientes, todas las especies de serpientes, y recorro el mundo en busca de diferentes especies que estudiar aquí en mi laboratorio! ¿No es algo interesante?

—*Es* algo interesante —dijo Violet—, *muy* interesante. Pero ¿no es peligroso?

—No, si conoces el tema —dijo Tío Monty—. Señor Poe, ¿le gustaría también una zanahoria cruda? Veo que casi no ha probado la tarta.

El señor Poe se sonrojó y tosió un buen rato en su pañuelo antes de contestar:

–No, gracias, doctor Montgomery.

Tío Monty guiñó el ojo a los niños.

–Si usted quiere, señor Poe, también puede llamarme Tío Monty.

–Gracias, Tío Monty –dijo el señor Poe con frialdad–. Bueno, tengo una pregunta, si no le importa. Ha mencionado que recorre el mundo. ¿Alguien vendrá a cuidar a los niños mientras usted esté fuera recogiendo especímenes?

–Somos lo bastante mayores para quedarnos aquí solos –dijo Violet rápidamente, mas en su interior no lo tenía tan claro.

El tema de estudio de Tío Monty parecía interesante, pero no estaba segura de estar pre-parada para quedarse sola con sus hermanos en una casa llena de serpientes.

–Ni hablar –dijo Tío Monty–. Los tres iréis conmigo. Dentro de diez días nos vamos a Perú, y quiero que estéis allí, en la jungla, conmigo.

–¿De verdad? –dijo Klaus. Tras el cristal de sus gafas sus ojos brillaban de excitación–. ¿De verdad nos vas a llevar a Perú?

–Estaré encantado de contar con vuestra ayuda —dijo Tío Monty, mientras se levantaba para coger un poco del trozo de tarta de Sunny—. Ayer mismo Gustav, mi ayudante, me dejó una inesperada carta de dimisión. He contratado a un hombre llamado Stephano para que ocupe su lugar, pero no llegará hasta la semana que viene, así que voy muy retrasado en cuanto a los preparativos para la expedición se refiere. Alguien tiene que asegurarse de que todas las trampas para serpientes funcionen, para que ningún espécimen resulte herido. Alguien tiene que leer estudios del territorio peruano, para que podamos recorrer la jungla sin problemas. Y alguien tiene que cortar una cuerda larguísima en cuerdas más cortas y manejables.

—A mí me interesa la mecánica —dijo Violet, lamiendo su tenedor—, y me encantaría aprenderlo todo sobre trampas para serpientes.

—A mí las guías me parecen fascinantes —dijo Klaus, limpiándose la boca con una servilleta—, y me encantaría aprender cosas sobre el territorio peruano.

—¡Eojip! —gritó Sunny y mordió su zanahoria.

Probablemente quería decir algo parecido a: «¡Me encantaría morder una cuerda larguísima y hacer de ella trozos más cortos y manejables!».

–¡Maravilloso! –gritó Tío Monty–. Me alegra saber que sentís tanto entusiasmo. Así será más fácil arreglárnoslas sin Gustav. Es muy extraño que se haya ido de esta manera. Ha sido mala suerte perderle.

El rostro de Tío Monty se nubló, frase que aquí significa «adquirió un aspecto ligeramente pesimista, porque Tío Monty estaba pensando en su mala suerte», aunque, si Tío Monty hubiese sabido la mala suerte que pronto le esperaba, no habría perdido ni un instante pensando en Gustav. Yo desearía –y estoy seguro de que vosotros también– poder dar marcha atrás en el tiempo y avisarle, pero no podemos, así son las cosas. Tío Monty pareció pensar también «así son las cosas», porque meneó la cabeza y sonrió, expulsando los pensamientos negativos de su cabeza.

–Bueno, será mejor que empecemos –dijo–. No hay mejor momento que el momento presente, siempre lo digo. ¿Por qué no acompañáis al señor Poe hasta su coche y os enseño la Habitación de los Reptiles?

Los tres niños Baudelaire, que se habían sentido tan inquietos al pasar por primera vez junto a los arbustos en forma de serpientes, los cruzaron ahora corriendo confiados, al acompañar al señor Poe hasta su automóvil.

—Bien, niños —dijo el señor Poe tosiendo en su pañuelo—, volveré dentro de una semana para traeros el equipaje y para asegurarme de que todo va bien. Sé que el doctor Montgomery puede resultaros un poco terrorífico, pero estoy seguro de que con el tiempo os acostumbraréis a...

—No nos resulta terrorífico en lo más mínimo —interrumpió Klaus—. Parece muy fácil llevarse bien con él.

—Me muero de ganas de ver la Habitación de los Reptiles —dijo Violet emocionada.

—¡Mika! —dijo Sunny, lo que probablemente significaba: «Adiós, señor Poe. Gracias por acompañarnos en coche hasta aquí».

—Bueno, adiós —dijo el señor Poe—. Recordad que en coche estáis a un paso de la ciudad, y que podéis poneros en contacto conmigo o con cualquier otro directivo del banco si tenéis problemas. Hasta pronto.

Hizo un extraño gesto con el pañuelo para despedirse, entró en su pequeño coche y volvió a recorrer el paseo de grava en dirección al Camino Piojoso. Violet, Klaus y Sunny le devolvieron el saludo, y esperaron que el señor Poe se acordase de subir las ventanillas del coche para que el hedor de rábano picante no fuese demasiado insoportable.

–¡*Bambini!* –gritó Tío Monty desde la puerta principal–. ¡Venid, bambini!

Los huérfanos Baudelaire cruzaron corriendo los setos hasta donde su nuevo tutor les esperaba.

–*Violet*, Tío Monty –dijo Violet–. Me llamo Violet, mi hermano es Klaus, y Sunny es nuestra hermana pequeña. Ninguno de nosotros se llama Bambini.

–«Bambini» es «niños» en italiano –explicó Tío Monty–. He sentido la repentina necesidad de hablar italiano. ¡Me siento tan feliz de teneros a los tres aquí…! Podéis dar gracias a que no esté desvariando.

—¿Alguna vez has tenido hijos? —preguntó Violet.

—Me temo que no —dijo Tío Monty—. Siempre quise encontrar una mujer y formar una familia, pero luego acababa por olvidarlo. ¿Os enseño la Habitación de los Reptiles?

—Sí, por favor —dijo Klaus.

Tío Monty les llevó, pasando ante el cuadro de serpientes de la entrada, hasta una habitación enorme, con una gran escalera y un techo muy, muy alto.

—Vuestras habitaciones estarán allá arriba —dijo Tío Monty señalando las escaleras—. Cada uno puede escoger la habitación que quiera y colocar los muebles a su gusto. Tengo entendido que más adelante el señor Poe os traerá el equipaje en su ridículo coche. Pero, por favor, haced una lista de todo lo que podáis necesitar, y mañana iremos de compras a la ciudad, para que no tengáis que pasar los próximos días con la misma ropa interior.

—¿De verdad cada uno tiene su propia habitación? —preguntó Violet.

—Claro —dijo Tío Monty—. No creeríais que os iba a encerrar a todos en la misma habitación, ¿verdad? ¿Qué clase de persona haría eso?

—El Conde Olaf lo hizo —dijo Klaus.

—Oh, es verdad, el señor Poe me lo contó —dijo Tío Monty, haciendo una mueca como si acabase de probar algo horrible—. El Conde Olaf parece una persona malísima. Espero que algún día lo despedacen unos animales salvajes. ¿No os alegraría eso? Oh, bueno, aquí estamos: la Habitación de los Reptiles.

Tío Monty estaba delante de una puerta muy grande de madera, con un pomo justo en medio. Estaba tan alto que se tuvo que poner de puntillas para asirlo. Cuando la puerta se abrió chirriando, los huérfanos Baudelaire quedaron boquiabiertos de asombro y de placer al ver la habitación.

La Habitación de los Reptiles estaba hecha completamente de cristal, con unas luminosas y transparentes paredes de cristal y un alto techo de cristal, que culminado en un pináculo como si del interior de una catedral se tratase. Más allá de las paredes había un campo verde de hierbas y arbustos que, claro, era perfectamente visible a través de las paredes transparentes, de modo que estar en la Habitación de los Reptiles era como estar en el interior y el exterior al mismo tiempo. Pero, con lo extraordinaria que era la habitación, lo que había en su interior era mucho más emocionante. Reptiles, evidentemente, alineados en jaulas metálicas cerradas, colocadas sobre cuatro hileras de mesas de madera, a lo largo de la habitación. Había toda clase de serpientes, naturalmente, pero también había lagartos, sapos y otros animales que los niños nunca habían visto antes, ni siquiera en fotos, o en el zoo. Había un sapo muy gordo, con dos alas que le salían de la espalda, y un lagarto de dos cabezas que tenía rayas amarillas en el vientre. Había una serpiente con tres bocas, una encima de la otra, y una serpiente que parecía no tener boca. Había un lagarto con el aspecto de una lechuza, con unos ojos muy abiertos que les miraban desde el tronco donde estaba encaramado dentro de su jaula, y un sapo que parecía una iglesia, y cuyos ojos semejaban vidrieras de colores. Y había una jaula con una pieza de ropa blanca encima, de forma que no podías ver lo que había en el interior. Los niños caminaron por las hileras de jaulas, observando el interior de cada una anonadados, en silencio. Algunas de las criaturas parecían amistosas, otras daban miedo, pero todas ellas resultaban fascinantes, y los Baudelaire miraron detenida y cuidadosamente a todas y cada una de ellas, Klaus sosteniendo a Sunny en alto para que la niña también pudiese verlas.

Los huérfanos estaban tan interesados en las jaulas que ni siquiera vieron lo que había en el extremo más alejado de la Habitación de los Reptiles hasta que hubieron recorrido todas las hileras, pero, una vez llegados al final, volvieron a quedar boquiabiertos de asombro y placer. Porque allí, al final de las hileras e hileras de jaulas, había hileras e hileras de estanterías, cada una atestada con libros de diferentes formas y tamaños, con unas mesas, sillas y lámparas para leer en un rincón. Seguro que recordáis que los padres de los niños Baudelaire tenían una extensísima colección de libros, que los huérfanos recordaban con cariño y añoraban terriblemente, y, desde el horrible incendio, los niños siempre se mostraban encantados de conocer a alguien a quien le gustasen los libros tanto como a ellos. Violet, Klaus y Sunny examinaron los libros con el mismo cuidado que las jaulas de los reptiles, y al instante se dieron cuenta de que la mayoría de ellos versaban sobre serpientes y otros reptiles. Era como si todos los libros sobre reptiles, desde *Una introducción a lagartos de gran tamaño* hasta *El cuidado y la alimentación de la cobra andrógina*, estuviesen en aquellas estanterías, y los tres niños, sobre todo Klaus, se interesaron en leer algo sobre las criaturas de la Habitación de los Reptiles.

—Este sitio es alucinante —dijo finalmente Violet, rompiendo así el largo silencio.

—Gracias —dijo Tío Monty—. Me ha llevado una vida entera montarlo.

—¿Y de verdad nos está permitido entrar aquí? —preguntó Klaus.

—¿*Permitido*? —repitió Tío Monty—. ¡Claro que no! Os *imploro* que entréis aquí, chiquillo. Empezando por mañana a primera hora, todos nosotros tenemos que estar aquí todos los días para preparar la expedición a Perú. Voy a vaciar una de estas mesas, Violet, para que puedas trabajar en las trampas. Klaus, espero que leas todos los libros que tengo sobre Perú y que tomes notas. Y Sunny puede sentarse en el suelo y morder cuerda. Trabajaremos todo el día hasta la hora de la cena y después de cenar iremos al cine. ¿Alguna objeción?

Violet, Klaus y Sunny se miraron y sonrieron. ¿Alguna *objeción*? Los huérfanos Baudelaire acababan de estar viviendo con el Conde Olaf, que les hacía cortar leña y limpiar lo que sus invitados borrachos ensuciaban, mientras planeaba cómo robar su fortuna. Tío Monty acababa de describir una forma maravillosa de pasar el día, y los niños le sonrieron ilusionados. Claro que no habría objeciones. Violet, Klaus y Sunny contemplaron la Habitación de los Reptiles e imaginaron el final de sus problemas al vivir bajo el cuidado de Tío Monty. Estaban equivocados, claro, en lo que respecta a que su sufrimiento hubiese llegado a su fin, pero por el momento los tres hermanos se sentían esperanzados, emocionados y felices.

—No, no, no —gritó Sunny, contestando a la pregunta de Tío Monty.

—Bien, bien, bien —dijo Tío Monty sonriendo—. Bueno, vayamos ahora a ver con qué habitación os queréis quedar cada uno de vosotros.

—¿Tío Monty? —preguntó Klaus tímidamente—. Sólo tengo una pregunta.

—¿Cuál es? —dijo Tío Monty.

—¿Qué hay en esa jaula con la tela encima?

Tío Monty miró la jaula y después a los niños. Su rostro se iluminó con una sonrisa de absoluta alegría.

—Eso, queridos míos, es una nueva serpiente que traje de mi último viaje. Gustav y yo somos las únicas personas que la hemos visto. El próximo mes la presentaré a la Sociedad Herpetológica como un nuevo descubrimiento, pero mientras tanto os voy a dejar echarle un vistazo. Acercaos.

Los huérfanos Baudelaire siguieron a Tío Monty hasta la jaula cubierta por la tela y con un ademán —la palabra «ademán» significa aquí «un gesto dramático a menudo utilizado para presumir»— Tío Monty apartó la tela que cubría la jaula. En el interior había una serpiente enorme —negra, tan oscura como una mina de carbón y tan dura como una cañería—, que miraba fijamente a los huérfanos con unos brillantes ojos verdes. Sin la tela cubriendo su jaula, la serpiente empezó a desenroscarse y a deslizarse por su hogar.

—Como yo la he descubierto —dijo Tío Monty—, tengo derecho a ponerle nombre.

—¿Cómo se llama? —preguntó Violet.

—La Víbora Increíblemente Mortal —contestó Tío Monty.

Y en aquel instante ocurrió algo que seguro os interesará. Con un golpecito de su cola, la serpiente abrió la puerta de su jaula, se deslizó por la mesa y, antes de que Tío Monty o los huérfanos Baudelaire pudieran decir algo, abrió la boca y mordió a Sunny en la barbilla.

Tres

Siento mucho, muchísimo, haberos dejado así colgados, pero, cuando estaba escribiendo la historia de los huérfanos Baudelaire, eché un vistazo al reloj y me di cuenta de que estaba llegando tarde a una cena de etiqueta que daba una amiga mía que se llama madame diLustro. Madame diLustro es una buena amiga, una excelente detective y una buena cocinera, pero se enfada muchísimo si llegas ni siquiera cinco minutos más tarde de la hora a la que ella te ha invitado, así que ya entendéis por qué me he tenido que ir a toda prisa. Seguro que al final del capítulo anterior habréis pensado que Sunny estaba muerta y que eso era aquello tan terrible que les ocurrió a los Baudelaire en casa de Tío Monty, pero os prometo que Sunny sobrevive a ese episodio. Desgraciadamente es Tío Monty quien pronto estará muerto, pero todavía no.

Violet y Klaus observaron aterrorizados cómo los colmillos de la Víbora Increíblemente Mortal se cernían sobre la barbilla de su hermana pequeña, los ojos de Sunny se cerraban y su rostro se paralizaba. Entonces Sunny, moviéndose con la misma velocidad que la serpiente, sonrió, abrió la boca y mordió a la Víbora Increíblemente Mortal, justo en la nariz diminuta y cubierta de escamas. La serpiente soltó su presa, y Violet y Klaus vieron que casi no había dejado marca. Los dos hermanos Baudelaire miraron a Tío Monty y Tío Monty les miró y se echó a reír. Su sonora carcajada rebotó en las paredes de cristal de la Habitación de los Reptiles.

—Tío Monty, ¿qué podemos hacer? —dijo Klaus desesperado.

—Oh, lo siento, queridos —dijo Tío Monty enjugándose las lágrimas con la mano—. Supongo que debéis de estar muy asustados. Pero la Víbora Increíblemente Mortal es una de las criaturas *menos* peligrosas y más simpáticas del reino animal. Sunny no tiene nada que temer y vosotros tampoco.

Klaus miró a su hermana pequeña, que seguía sosteniendo en sus brazos, y ella le dio un cariñoso abrazo a la Víbora Increíblemente Mortal. Entonces él comprendió que Tío Monty debía de estar diciendo la verdad.

—Pero, entonces, ¿por qué se la llama Víbora Increíblemente Mortal?

Tío Monty volvió a reír.

—Es un nombre impropio —dijo, utilizando una palabra que aquí significa «un nombre muy equivocado»—. Al haberla descubierto, puedo ponerle el nombre, ¿recordáis? ¡No habléis a nadie de la Víbora Increíblemente Mortal, porque voy a presentarla a la Sociedad Herpetológica y a darles un buen susto, antes de explicarles que la serpiente es absolutamente inofensiva! Dios sabe que ellos se han burlado muchas veces de mi nombre. «Hola hola, Montgomery Montgomery», dicen. «¿Cómo está cómo está, Montgomery Montgomery?», pero en la conferencia de este año se las voy a devolver todas con esta broma. –Tío Monty se puso en pie y empezó a hablar con una voz ridícula de científico–. «Colegas», diré, «me gustaría presentaros una nueva especie, la Víbora Increíblemente Mortal, que encontré en la selva del sudoeste de... ¡Dios mío! ¡Se ha escapado!» Y entonces, cuando todos mis compañeros herpetólogos se hayan subido a las sillas y a las mesas y estén gritando aterrorizados, ¡les diré que la serpiente no haría daño a una mosca! ¿No os parece que será para partirse de risa?

Violet y Klaus se miraron y empezaron a reír, porque pensaban que la broma de Tío Monty era muy buena y porque veían, aliviados, que su hermana no había sufrido daño alguno.

Klaus dejó a Sunny en el suelo, y la Víbora Increíblemente Mortal la siguió, enroscando cariñosamente su cola alrededor de Sunny, como quien pasa el brazo por el hombro de alguien a quien quiere.

–¿Hay alguna serpiente en esta habitación que *sea* peligrosa? –preguntó Violet.

–Claro –dijo Tío Monty–. No puedes estudiar

a las serpientes durante cuarenta años sin encontrarte con una que sea peligrosa. Tengo una vitrina repleta de muestras de veneno de todas las serpientes venenosas conocidas, y así puedo estudiar cómo actúan. Hay una serpiente en esta habitación cuyo veneno es tan mortal que el corazón se te pararía incluso antes de que te dieses cuenta de que te había mordido. Hay una serpiente que puede abrir tanto la boca como para engullirnos a la vez a todos juntos. Hay un par de serpientes que han aprendido a conducir un coche de forma tan temeraria que te atropellarían y nunca se pararían a disculparse. Pero todas estas serpientes están en jaulas con cerraduras mucho más consistentes, y todas ellas se pueden estudiar sin riesgo cuando se las conoce lo suficiente. Os prometo que, si dedicáis tiempo a aprender los detalles, no sufriréis ningún daño aquí, en la Habitación de los Reptiles.

Hay una clase de situaciones que ocurre demasiado a menudo, y que en este punto de la historia de los huérfanos Baudelaire está teniendo lugar, llamada «ironía dramática». En cuatro palabras, tenemos ironía dramática cuando una persona hace una observación inofensiva y otra persona que la oye sabe algo que hace que dicha observación tenga un significado diferente y, por lo general, desagradable. Por ejemplo, si estuvieses en un restaurante y dijeses en voz alta: «Estoy impaciente por comer el filete marsala que he pedido», y hubiese personas que supiesen que el filete marsala estaba envenenado y que morirías en cuanto probases el primer bocado, tu situación sería de ironía dramática. La ironía dramática es un acontecimiento cruel, inquietante, y siento que aparezca en mi historia, pero Violet, Klaus y Sunny tienen unas vidas tan desgraciadas que sólo era cuestión de tiempo que la ironía dramática mostrase su horrible rostro.

Mientras escuchamos a Tío Monty decirles a los tres huérfanos Baudelaire que nunca sufrirán daño alguno en la Habitación de los Reptiles, deberíamos estar experimentando la extraña sensación que acompaña la llegada de la ironía dramática. Esta sensación no es diferente de la sensación de que todo se va a pique, cuando uno está en un ascensor que de repente cae a toda velocidad, o cuando está cómodamente acostado y de repente la puerta del armario se abre y descubre a la persona que se estaba escondiendo allí. Porque, por muy seguros y felices que se sintiesen los tres niños, por muy reconfortantes que fuesen las palabras de Tío Monty, vosotros y yo sabemos que pronto Tío Monty estará muerto y los Baudelaire volverán a ser desgraciados.

Durante la semana siguiente, sin embargo, los Baudelaire lo pasaron en grande en su nuevo hogar. Cada mañana se levantaban y vestían en la privacidad de sus propias habitaciones, que habían escogido y decorado a su gusto. Violet había escogido una habitación con una ventana enorme, que daba a los setos con formas de serpientes del jardín de la entrada. Pensó que aquellas vistas podrían inspirarla cuando estuviese inventando algo. Tío Monty le había permitido pegar hojas de papel blanco en las paredes, para que pudiese dibujar sus ideas aunque se le ocurriesen en plena noche. Klaus había escogido una habitación con un cómodo nicho —la palabra «nicho» significa aquí «un rincón muy, muy pequeño, ideal para sentarse y leer». Con permiso de Tío Monty, había subido una silla grande con un cojín de la sala de estar y la había colocado en el nicho, bajo una lámpara de lectura de latón. Cada noche, en lugar de leer en su cama, se ovillaba en la silla con un libro de la biblioteca de Tío Monty, a veces hasta el amanecer. Sunny había escogido la habitación que estaba entre la de Violet y la de Klaus, y la había llenado de objetos pequeños y duros extraídos de la casa, para poder morderlos cuando le apeteciese. También había juguetes diversos, para que la Víbora Increíblemente Mortal y ella pudiesen jugar juntas.

Pero lo que más les gustaba a los huérfanos Baudelaire era estar en la Habitación de los Reptiles. Todas las mañanas, después de desayunar, se unían a Tío Monty, que ya había empezado a preparar la expedición. Violet se sentaba ante una mesa, con cuerdas, herramientas y jaulas que formaban las distintas trampas para serpientes, y aprendía cómo funcionaban, las reparaba si estaban rotas, y a veces las mejoraba para que fuesen más cómodas para las serpientes en su largo viaje desde Perú hasta la casa de Tío Monty. Klaus se sentaba cerca, leía los libros sobre Perú que tenía Tío Monty y tomaba notas en un bloc para poder consultarlas más tarde. Y Sunny se sentaba en el suelo y, entusiasmada, hacía trozos cortos de la cuerda larga. Pero lo que más les gustaba a los jóvenes Baudelaire era aprender las cosas sobre los reptiles que les explicaba Tío Monty. Mientras trabajaban, les enseñaba el Lagarto Vaca de Alaska, una criatura alargada y verde que daba una leche deliciosa. Conocieron al Sapo Disonante, que podía imitar la voz humana con un tono grave. Tío Monty les enseñó cómo manejar el Tritón Tintado sin mancharse todos los dedos con su tinte negro, y cómo saber cuándo la Pitón Irascible estaba malhumorada y era mejor dejarla sola. Les enseñó a no darle demasiada agua al Sapo Borracho de Borneo, y a nunca, bajo ninguna circunstancia, dejar que la Serpiente de Matute se acercase a una máquina de escribir.

Tío Monty, mientras les hablaba de los distintos reptiles, se extendía a menudo —palabra que aquí significa «dejaba que la conversación siguiese su curso»– con historias de sus viajes, describiendo hombres, serpientes, mujeres, sapos, niños y lagartos que había encontrado por el mundo. Y, al poco tiempo, los huérfanos Baudelaire le estaban explicando sus vidas a Tío Monty, incluso hablando de sus padres y de lo mucho que les añoraban. Tío Monty estaba tan interesado en las historias de los Baudelaire como ellos en las de éste, y a veces se pasaban tanto rato charlando que casi no les quedaba tiempo para engullir la cena antes de amontonarse en el pequeño jeep de Tío Monty en dirección al cine.

Una mañana, sin embargo, cuando los tres niños acabaron sus desayunos y fueron a la Habitación de los Reptiles, no se encontraron con Tío Monty, sino con una nota. La nota decía lo siguiente:

Queridos Bambini:

    He ido a la ciudad a comprar las últimas cosillas que necesitamos para la expedición: repelente de avispa peruana, cepillos de dientes, melocotones en almíbar y una canoa ignífuga. Me llevará un poco de tiempo conseguir los melocotones, así que no me esperéis hasta la hora de cenar.

Stephano, el sustituto de Gustav, llegará hoy en taxi. Por favor, haced que se sienta bienvenido. Como sabéis, sólo faltan dos días para la expedición, así que hoy trabajad muy duro.

Vuestro atolondrado tío,
Monty

–¿Qué significa «atolondrado»? –preguntó Violet cuando acabaron de leer la nota.

–Alocado y emocionado –dijo Klaus, que había aprendido la palabra de una colección de poesía que había leído en primero–. Supongo que se refiere a emocionado por ir a Perú. O quizás emocionado por tener un nuevo ayudante.

–O quizás por nosotros –dijo Violet.

–¡Kindal! –gritó Sunny, lo que probablemente significaba «o quizás esté emocionado por todas estas cosas a la vez».

–Yo también estoy un poco atolondrado –dijo Klaus–. Es muy divertido vivir con Tío Monty.

–Ya lo creo –dijo Violet–. Tras el incendio pensé que jamás volvería a ser feliz. Pero el tiempo que llevamos aquí está resultando maravilloso.

–Sin embargo, yo sigo añorando a nuestros padres –dijo Klaus–. Por muy amable que sea Tío Monty, desearía seguir viviendo en nuestro verdadero hogar.

–Claro –exclamó Violet rápidamente. Se detuvo y dijo poco a poco algo en lo que había estado pensando los últimos días–. Creo que siempre añoraremos a nuestros padres. Pero creo que podemos añorarlos sin ser desgraciados todo el tiempo. A fin de cuentas, ellos no querrían que fuésemos desgraciados.

–¿Recuerdas aquella tarde? –dijo Klaus con tristeza–. Llovía, estábamos aburridos y decidimos pintarnos las uñas de los pies de rojo.

–Sí –dijo Violet sonriendo–, y yo vertí un poco en la silla amarilla.

–¡Archo! –dijo Sunny tranquilamente, algo que probablemente significaba «y la mancha nunca se borró del todo».

Los huérfanos Baudelaire se miraron y rieron

y, sin pronunciar palabra, empezaron a hacer las tareas del día. Durante el resto de la mañana trabajaron en silencio, sin pausa, asimilando que su contento allí, en casa de Tío Monty, no había borrado la muerte de sus padres en absoluto, pero como mínimo les había hecho sentir mejor después de haber estado tristes durante tanto, tanto tiempo.

Es mala suerte, claro, que aquel momento de felicidad y tranquilidad fuese el último que los niños iban a tener en bastante tiempo, pero nadie puede hacer nada al respecto. Justo cuando los Baudelaire estaban empezando a pensar en la comida, oyeron detenerse un coche delante de la casa y tocar la bocina. Para los niños aquella fue la señal de la llegada de Stephano. Para nosotros debería ser la de la llegada de más desdichas.

—Supongo que debe ser el nuevo ayudante —dijo Klaus, levantando la mirada del *Gran libro peruano sobre pequeñas serpientes peruanas*—. Espero que sea tan amable como Monty.

—Yo también —dijo Violet, abriendo y cerrando una trampa de sapos, para asegurarse de que funcionaba correctamente–. Resultaría bastante desagradable viajar a Perú con un tipo aburrido o malo.

–¡Gerja! –gritó Sunny, lo que probablemente significaba algo como: «¡Bueno, vayamos a ver cómo es ese Stephano!».

Los Baudelaire salieron de la Habitación de los Reptiles y fueron a la puerta principal, donde encontraron un taxi aparcado al lado de los setos con formas de serpientes. Un hombre muy alto y delgado, con una tupida barba y sin cejas, salía de la puerta trasera con una maleta negra de lustroso candado plateado.

–No voy a darte propina –le estaba diciendo el hombre barbudo al taxista–, porque hablas demasiado. No a todo el mundo le interesa tu recién nacido, ¿sabes? Oh, hola. Soy Stephano, el nuevo ayudante del doctor Montgomery. ¿Cómo estáis?

–¿Cómo está usted? –dijo Violet y, al acercarse, encontró algo en la voz de aquel hombre que le resultó ligeramente familiar.

–¿Cómo está usted? –dijo Klaus y, al levantar

la vista para mirar a Stephano, hubo algo en sus brillantes ojos que le resultó bastante familiar.

—¡Huuda! —gritó Sunny.

Stephano no llevaba calcetines, y Sunny, gateando por el suelo, pudo ver su tobillo, desnudo entre el dobladillo del pantalón y el zapato. Allí, en su tobillo, había algo más familiar que todo lo anterior.

Los huérfanos Baudelaire se dieron cuenta de la misma cosa al mismo tiempo, y dieron un paso atrás como si estuviesen ante un perro feroz. Aquel hombre no era Stephano, se pusiese el nombre que se pusiese. Los tres niños miraron de la cabeza a los pies al nuevo ayudante de Tío Monty y supieron que no era otro que el Conde Olaf. Podía quitarse su única ceja y dejarse crecer una descuidada barba para cubrir su barbilla, pero no había forma de ocultar el tatuaje de un ojo que tenía en el tobillo.

Cuatro

Una de las cosas más difíciles
de la vida son los reproches
que nos hacemos a nosotros
mismos. Te ocurre algo y haces lo equivocado, y en los
años siguientes desearías haber hecho algo diferente. Por
ejemplo, a veces, cuando estoy caminando solo por la
costa, o visitando la tumba de
un amigo, recuerdo el día, muy
lejano, en que no llevé una
linterna conmigo a un sitio
donde debería haber llevado
una linterna, lo cual tuvo un

resultado desastroso. *¿Por qué no llevé una linterna?*, me digo a mí mismo, a pesar de que es demasiado tarde para hacer algo al respecto. *Debería haber llevado conmigo una buena linterna.*

Durante años, después de aquel instante de las vidas de los huérfanos Baudelaire, Klaus pensó en el momento en que él y sus hermanas se dieron cuenta de que Stephano era en realidad el Conde Olaf, y no dejó de reprocharse no haber llamado al taxista que se estaba yendo para que regresase. *¡Pare!*, se decía Klaus a sí mismo, a pesar de que era demasiado tarde. *¡Pare! ¡Llévese a este hombre!* Claro que es absolutamente comprensible que Klaus y sus hermanas estuviesen demasiado sorprendidos para reaccionar tan deprisa, pero, años más tarde, Klaus permanecería despierto en la cama, pensando que quizá, sólo quizá, si hubiese actuado a tiempo, hubiese podido salvar la vida de Tío Monty.

Pero no lo hizo. Mientras los huérfanos Baudelaire miraban al Conde Olaf, el taxi se alejó por el camino, y los niños quedaron a solas con su némesis, palabra que aquí significa «el peor enemigo vengativo que puedas imaginar». Olaf les sonrió como sonreía la Malvada Serpiente de Mongolia de Tío Monty cuando cada día, para cenar, le colocaban un ratón blanco en la jaula.

–Quizás alguno de vosotros podría llevarme la maleta a la habitación –sugirió con voz asmática–. El viaje por esa apestosa carretera ha sido pesado y desagradable, y estoy muy cansado.

–Si alguien ha merecido alguna vez viajar por el Camino Piojoso –dijo Violet, mirándole– es usted, Conde Olaf. No pensamos ayudarle con el equipaje, porque no vamos a dejarle entrar en esta casa.

Olaf miró con ceño a los huérfanos, y miró a un lado y a otro, como si esperase ver a alguien escondido detrás de los setos con formas de serpientes.

–¿Quién es el Conde Olaf? –preguntó en tono burlón–. Me llamo Stephano. Y estoy aquí para ayudar a Montgomery Montgomery en su cercana expedición a Perú. Supongo que vosotros sois tres enanos, que trabajáis como criados en casa de Montgomery.

—No somos enanos —dijo Klaus con dureza—. Somos niños. Y usted no es Stephano. Es el Conde Olaf. Puede dejarse barba y afeitarse la ceja, pero sigue siendo el mismo ser despreciable, y no le dejaremos entrar en esta casa.

—¡Futa! —gritó Sunny, lo que probablemente significaba algo como: «¡Estoy de acuerdo!».

El Conde Olaf miró uno a uno a los huérfanos Baudelaire, los ojos brillantes como si estuviese contando un chiste.

—De verdad que no sé de qué estáis hablando —dijo—, pero si lo supiese y fuese ese Conde Olaf del que habláis, pensaría que estáis siendo muy mal educados. Y, si pensase que estabais siendo muy mal educados, igual me enfadaba. Y, si me enfadaba, ¿quién sabe lo que sería capaz de hacer?

Los niños vieron que el Conde Olaf levantaba sus escuálidos brazos, como si se estuviese encogiendo de hombros. Probablemente no sea necesario recordaros lo violento que aquel hombre podía ser, pero seguro que no era necesario en lo más mínimo recordárselo a los Baudelaire. Klaus todavía tenía en la cara el moratón de la bofetada que le dio el Conde Olaf cuando vivían en su casa. Sunny todavía tenía dolores por haber sido metida en una jaula de pájaro y colgada de la torre donde él ideaba sus maléficos planes. Y, a pesar de que Violet no había sido víctima de ninguna violencia física por parte de aquel hombre terrible, casi había sido forzada a casarse con él, y aquello era suficiente para que ella le cogiese la maleta y la arrastrase lentamente hacia la puerta de la casa.

—Más arriba —dijo Olaf—. Levántala más arriba. No quiero que la arrastres así por el suelo.

Klaus y Sunny se apresuraron a ayudar a Violet con la maleta, pero, incluso llevándola los tres, el peso les hacía tambalearse. Ya era mala suerte que el Conde Olaf hubiese vuelto a aparecer en sus vidas justo cuando se estaban sintiendo tan cómodos y seguros con Tío Monty. Pero ayudar a aquella terrible persona a entrar en su casa era casi más de lo que podían soportar. Olaf les seguía de cerca, y los tres niños podían oler su aliento rancio mientras llevaban la maleta y la dejaban en la alfombra a los pies del cuadro de las serpientes entrelazadas.

—Gracias, huérfanos —dijo Olaf, cerrando la puerta principal tras de sí—. Bien, el doctor Montgomery me dijo que tendría una habitación lista en el piso de arriba. Supongo que puedo llevar mi maleta desde aquí. Ahora largaos. Tendremos mucho tiempo, más tarde, para conocernos.

—Ya le conocemos, Conde Olaf —dijo Violet—. Está claro que no ha cambiado nada.

—Vosotros tampoco habéis cambiado nada —dijo Olaf—. Está claro, Violet, que sigues tan terca como siempre. Y tú, Klaus, sigues llevando esas ridículas gafas por leer demasiados libros. Y puedo ver que la pequeña Sunny sigue teniendo nueve dedos en lugar de diez.

—¡Fut! —gritó Sunny, lo que probablemente significaba algo como: «¡No es verdad!».

—¿De qué está hablando? —dijo Klaus impaciente—. Tiene diez dedos, como todo el mundo.

—¿De verdad? —dijo Olaf—. Es extraño. Recuerdo que perdió un dedo en un accidente. —Sus ojos brillaron incluso más, como si estuviese contando un chiste: metió la mano en un bolsillo de su gastado abrigo y sacó un cuchillo largo como el que se suele utilizar para cortar el pan–. Me parece recordar que había un hombre tan confundido al ser llamado de forma repetitiva por un nombre que no era el suyo que accidentalmente dejó caer el cuchillo en el pie de Sunny y le cortó un dedo.

Violet y Klaus miraron al Conde Olaf y después el pie descalzo de su hermana pequeña.

–No se atrevería –dijo Klaus.

–No nos pongamos a discutir lo que me atrevería a hacer o no. Será mejor que discutamos cómo me tenéis que llamar todo el tiempo que estemos juntos en esta casa.

–Si insiste en amenazarnos, le llamaremos Stephano –dijo Violet–, pero no estaremos mucho tiempo juntos en esta casa.

Stephano abrió la boca para decir algo, pero Violet no estaba interesada en seguir aquella conversación. Se dio la vuelta y, seguida por sus hermanos, atravesó la enorme puerta de la Habitación de los Reptiles. Si vosotros o yo hubiéramos estado allí, habríamos pensado que los huérfanos Baudelaire no estaban en lo más mínimo asustados, hablando con tanto valor a Stephano y después yéndose sin más, pero, una vez los niños llegaron al extremo más alejado de la habitación, sus sentimientos verdaderos se vieron claramente reflejados en sus rostros. Los Baudelaire estaban aterrorizados. Violet se tapó la cara con las manos y se apoyó en una de las jaulas de reptiles. Klaus se desplomó en una silla, y temblaba tanto que sus pies golpeteaban el suelo de mármol. Y Sunny se hizo un ovillo en el suelo, un ovillo tan pequeño que ni la habrías visto de haber entrado en la habitación. Durante un buen rato ninguno de los niños habló. Sólo oían los apagados pasos de Stephano subiendo las escaleras y el latido de sus corazones.

—¿Cómo ha podido encontrarnos? —preguntó Klaus, y su voz era un susurro ronco, como si tuviese dolor de garganta—. ¿Cómo ha conseguido ser el ayudante de Tío Monty? ¿Qué está haciendo aquí?

—Juró que conseguiría hacerse con la fortuna de los Baudelaire —dijo Violet, destapándose la cara y cogiendo a Sunny, que estaba temblando—. Eso fue lo último que me dijo antes de escapar. Dijo que se haría con nuestra fortuna, aunque fuese la última cosa que hiciese en la vida.

Violet se estremeció y no añadió que también dijo que, una vez se hiciese con su fortuna, se desharía de los tres hermanos Baudelaire. No era necesario añadirlo. Violet, Klaus y Sunny sabían que si conseguía hacerse con su fortuna, cortaría el cuello de los huérfanos Baudelaire con la facilidad con que nosotros nos comemos una galletita de mantequilla.

—¿Qué podemos hacer? —preguntó Klaus—. Tío Monty no regresa hasta dentro de varias horas.

—Quizás podemos llamar al señor Poe —dijo Violet—. A esta hora estará trabajando, pero quizás pueda salir del banco por una emergencia.

—No nos creería —dijo Klaus—. ¿Recuerdas cuando, viviendo allí, intentamos hablarle del Conde Olaf? Le llevó tanto tiempo darse cuenta de la realidad que casi fue demasiado tarde. Creo que deberíamos escaparnos. Si nos vamos ahora mismo, probablemente lleguemos a la ciudad a tiempo para coger un tren que nos lleve muy lejos de aquí.

Violet se los imaginó a los tres, solos, caminando por el Camino Piojoso bajo los manzanos agrios, con el amargo olor a rábano picante rodeándoles.

–¿Adónde iríamos? –preguntó.

–A cualquier sitio –dijo Klaus–. A cualquier sitio lejos de aquí. Podríamos irnos muy lejos, donde el Conde Olaf no pudiese encontrarnos, y cambiarnos los nombres para que nadie supiese quiénes éramos.

–No tenemos dinero –señaló Violet–. ¿Cómo nos las apañaríamos para vivir?

–Podríamos conseguir trabajo. Yo quizás podría trabajar en una biblioteca y tú podrías trabajar en algún tipo de taller mecánico. Probablemente Sunny no podría encontrar trabajo a su edad, pero sí dentro de unos años.

Los tres huérfanos permanecieron en silencio. Intentaron imaginar cómo sería dejar a Tío Monty y vivir solos, luchando por encontrar trabajo y cuidándose unos a otros. Era un panorama muy solitario. Tristes, los niños Baudelaire permanecieron sentados en silencio un rato, y los tres pensaban lo mismo: deseaban que sus padres no hubiesen muerto en el incendio y que sus vidas no hubiesen acabado patas arriba, como había ocurrido. Si los padres de los Baudelaire siguiesen vivos, los jóvenes ni siquiera habrían oído hablar del Conde Olaf, y todavía menos le habrían tenido instalándose en su casa y, sin lugar a dudas, tramando maléficos planes.

—No nos podemos ir —dijo finalmente Violet—. El Conde Olaf nos ha encontrado una vez, y estoy segura de que, por muy lejos que fuésemos, nos volvería a encontrar. Además, ¿quién sabe dónde están los ayudantes del Conde Olaf? Quizás ahora mismo estén rodeando la casa, vigilando por si tramamos algo.

Klaus se estremeció. No había pensado en los ayudantes del Conde Olaf. Olaf, aparte de planear cómo conseguir la fortuna de los Baudelaire, era el líder de un grupo teatral terrible y sus compañeros actores estaban dispuestos a ayudarle a llevar a cabo sus planes. Era un grupo horripilante, cada miembro más terrorífico que el anterior. Había un hombre calvo de larga nariz que siempre vestía de negro. Había dos mujeres que siempre llevaban polvos blancos en la cara, lo que les daba un aspecto de fantasmas. Había una persona tan gorda e inexpresiva que no se podía decir si se trataba de un hombre o de una mujer. Y había un hombre delgado con dos garfios en lugar de manos. Violet tenía razón. Cualquiera de ellos podría estar escondido alrededor de la casa de Tío Monty, esperando cazarles si intentaban escapar.

–Creo que deberíamos esperar a que regrese Tío Monty y contarle lo que ha ocurrido –dijo Violet–. Él nos creerá. Si le contamos lo del tatuaje, como mínimo le pedirá a *Stephano* una explicación.

El tono de voz de Violet cuando dijo «Stephano» indicaba su profundo desprecio hacia el disfraz de Olaf.

–¿Estás segura? –dijo Klaus–. Después de todo, es Tío Monty quien ha contratado a *Stepha-no*. –El tono de voz de Klaus cuando dijo «Ste-phano» indicaba que compartía los sentimientos de su hermana–. Por todo lo que sabemos, Tío Monty y Stephano han planeado algo juntos.

–¡Minda! –gritó Sunny, lo que probablemente significaba algo como: «¡Klaus, no seas ridículo!».

Violet negó con la cabeza.

–Sunny tiene razón. No me puedo creer que Tío Monty se haya confabulado con Olaf. Él ha sido muy bueno y amable con nosotros y, ade-más, si estuviesen trabajando juntos, el Conde Olaf no insistiría en utilizar un nombre distinto.

–Eso es verdad –dijo Klaus pensativo–. Espe-remos a Tío Monty.

–Esperemos.

–Toju –dijo Sunny solemnemente.

Y los hermanos se miraron con tristeza. Espe-rar es una de las pruebas más duras de la vida. Ya es duro esperar la tarta de chocolate cuando to-davía tienes rosbif en el plato. Es muy difícil es-perar Navidad cuando el aburrido mes de no-viembre todavía no ha pasado. Pero esperar a que el tío adoptivo de uno llegue a casa mientras un hombre malvado y violento está en el piso de arriba fue una de las peores esperas que los Baudelaire habían experimentado. Para dejar de pensar en ello, intentaron seguir con su trabajo, pero los niños estaban demasiado angustiados para hacer nada. Violet intentó reparar la puerta de bisagra de una de las trampas, pero en lo único que podía concentrarse era en el nudo que tenía en el estómago. Klaus intentó leer los métodos de protegerse de las plantas espinosas de Perú, pero no podía sacarse a Stephano de la cabeza. Y Sunny intentó morder cuerda, pero un frío miedo le recorría los dientes y pronto dejó de morder. Ni siquiera le apetecía jugar con la Víbora Increíblemente Mortal. Así pues, los Baudelaire se pasaron el resto de la tarde sentados en silencio en la Habitación de los Reptiles, mirando por la ventana para poder ver llegar el jeep de Tío Monty y escuchando los ocasionales ruidos del piso de arriba. Ni siquiera querían pensar qué podía estar desempaquetando Stephano.

Al final, cuando los setos con formas de serpientes empezaban a dibujar sombras delgadas y alargadas a la luz de la puesta de sol, los tres niños oyeron un automóvil acercándose y apareció el jeep. Llevaba una canoa grande atada en el techo y el asiento trasero estaba lleno de las compras de Monty. Tío Monty salió con dificultad por el peso de varias bolsas de la compra y vio a los niños a través de las paredes de cristal de la Habitación de los Reptiles. Les sonrió. Ellos le devolvieron la sonrisa y en aquel instante, cuando sonrieron, se creó otro momento de arrepentimiento para ellos. Si, en lugar de haberse detenido a sonreír a Monty, hubieran salido corriendo hasta el coche, habrían podido tener un breve instante a solas con él. Pero, cuando llegaron al vestíbulo, ya estaba hablando con Stephano.

—No sabía qué clase de cepillo de dientes preferías —se estaba disculpando Tío Monty—, te he comprado uno con cerdas extrafuertes, porque son los que me gustan. La comida peruana suele ser pegajosa, así que necesitas tener como mínimo un cepillo de dientes de más siempre que vas allí.

—El de cerdas extrafuertes me está bien —dijo Stephano, hablando con Tío Monty pero mirando a los huérfanos a los ojos con sus ojos muy, muy brillantes—. ¿Me llevo la canoa?

—Sí pero, por Dios, no puedes llevarla tú solo —dijo Tío Monty—. Klaus, por favor, ¿quieres ayudar a Stephano?

—Tío Monty —dijo Violet, armándose de valor—, tenemos algo muy importante que decirte.

—Soy todo oídos —dijo Tío Monty—, pero primero dejad que os enseñe el repelente de avispas que he conseguido. Estoy muy contento de que Klaus leyese algo de la situación en Perú en cuanto a insectos se refiere, porque los otros repelentes que tengo no habrían servido para nada. —Tío Monty buscó en una de las bolsas que llevaba colgadas del brazo, mientras los niños esperaban impacientes a que acabase—. Éste contiene un producto químico llamado...

—Tío Monty —dijo Klaus—, de verdad, lo que tenemos que decirte no puede esperar.

—Klaus —dijo Tío Monty, arqueando las cejas sorprendido—, no es de buena educación interrumpir a tu tío cuando está hablando. Venga, ayudad a Stephano con la canoa y hablaremos de todo lo que queráis dentro de un momento.

Klaus suspiró, pero siguió a Stephano por la puerta abierta. Violet les vio dirigirse hacia el jeep, mientras Tío Monty dejaba las bolsas y hablaba con ella.

—No puedo recordar qué estaba diciendo sobre el repelente —dijo, un poco malhumorado—. Odio olvidar lo que estaba pensando.

—Lo que tenemos que decirte… —empezó Violet, pero se detuvo al ver algo.

Monty estaba de espaldas a la puerta y por lo tanto no podía ver lo que Stephano estaba haciendo, pero Violet vio a Stephano detenerse en los setos con formas de serpientes, meterse la mano en el bolsillo del abrigo y sacar el largo cuchillo. El filo brilló a la luz de la puesta de sol como si de un faro se tratase. Como probablemente sabéis, los faros sirven de señales de aviso, indicando a los barcos dónde está la costa, para que no choquen contra ésta. El cuchillo brillando también era una señal de aviso.

Klaus miró el cuchillo, a Stephano y después a Violet. Violet miró a Klaus, a Stephano y después a Monty. Sunny miró a todo el mundo. Sólo Monty, tan concentrado estaba intentando recordar lo que estaba comentando sobre el repelente, no se enteraba de lo que sucedía.

—Lo que tenemos que decirte... —volvió a empezar Violet, pero no pudo continuar.

Stephano no dijo una palabra. No tuvo que hacerlo. Violet sabía que, si decía una sola palabra acerca de su verdadera identidad, Stephano heriría a su hermano allí mismo, junto a los setos con formas de serpientes. Sin decir palabra, el enemigo de los huérfanos Baudelaire había lanzado una clarísima señal de aviso.

Cinco

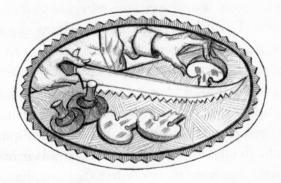

Aquella noche fue la más larga y horrible que los huérfanos Baudelaire habían vivido, y habían vivido muchas. Hubo una noche, poco después de que naciese Sunny, en que los tres sufrieron una gripe terrible y no pudieron pegar ojo en toda la noche, tenían mucha fiebre y su padre intentó aliviar su malestar colocando toallas empapadas en sus sudorosas frentes. La noche de la muerte de sus padres, los tres niños se habían quedado en casa del señor Poe y habían permanecido despiertos toda la noche, demasiado tristes y confundidos para ni siquiera intentar dormir. Y, claro está, habían pasado muchas noches largas y terribles viviendo con el Conde Olaf.

Pero aquella noche en concreto pareció incluso peor. Desde la llegada de Monty hasta que se fueron a la cama, Stephano tuvo a los niños bajo vigilancia constante, una frase que aquí significa «los miró en todo momento para que no pudiesen hablar con Tío Monty a solas y revelarle que él era en realidad el Conde Olaf», y Tío Monty estaba demasiado preocupado para pensar que ocurría algo fuera de lo normal. Cuando descargaron el resto de las compras de Tío Monty, Stephano llevaba las bolsas sólo con una mano, y la otra en el bolsillo de su abrigo donde ocultaba el cuchillo, pero Tío Monty estaba tan excitado con las compras que había hecho que ni se preguntó por qué. Cuando se metieron en la cocina para preparar la cena, Stephano sonreía amenazador a los niños mientras troceaba champiñones, pero Tío Monty estaba demasiado ocupado vigilando que no hirviese la salsa stroganoff para darse cuenta de que Stephano utilizaba el mismo cuchillo para amenazar a los niños y cortar los champiñones. Durante toda la cena, Stephano contó historias divertidas y alabó el trabajo científico de Monty, y Tío Monty se sentía tan halagado que ni siquiera se le pasó por la cabeza imaginar que Stephano sostenía un cuchillo debajo de la mesa, rozando ligeramente con la hoja la rodilla de Violet. Y, cuando Tío Monty anunció que pasaría la noche enseñándole a su nuevo ayudante la Habitación de los Reptiles, estaba demasiado ilusionado para darse cuenta de que los Baudelaire se iban a la cama sin pronunciar palabra.

Por primera vez tener dormitorios individuales pareció más un infortunio que un lujo, porque, sin la compañía de sus hermanos, los huérfanos se sintieron todavía más solos y desamparados. Violet se quedó mirando los papeles pegados en la pared, e intentaba imaginar lo que estaba planeando Stephano. Klaus se sentó en su silla grande con cojín y encendió su lámpara de latón, pero estaba demasiado preocupado para siquiera abrir un libro. Sunny se quedó mirando sus objetos duros, pero no mordió ni uno.

Los tres niños pensaron en ir por el pasillo hasta la habitación de Tío Monty, despertarle y decirle lo que ocurría. Pero para llegar a su habitación tenían que pasar por delante de la habitación donde estaba Stephano, y éste se pasó la noche montando guardia sentado en una silla ante su puerta abierta. Cuando los huérfanos abrieron sus puertas para mirar el oscuro pasillo, vieron la cabeza pálida y afeitada que, en la oscuridad, parecía flotar encima de su cuerpo. Y pudieron ver su cuchillo, que Stephano movía lentamente como si del péndulo del reloj de un abuelo se tratase. De un lado para otro, de un lado para otro, brillando a la débil luz, y la imagen daba tanto miedo que ni se les ocurrió salir al pasillo.

Al final, la luz de la casa adquirió el azul grisáceo del amanecer, y los niños Baudelaire, con ojos legañosos, bajaron las escaleras para desayunar, cansados y doloridos tras la noche en vela. Se sentaron a la mesa donde la primera mañana habían comido tarta, y picaron con desgana un poco de la comida que tenían delante. Por primera vez desde su llegada a casa de Tío Monty, no estaban ansiosos por entrar en la Habitación de los Reptiles y empezar el trabajo del día.

—Supongo que deberíamos ir para allá —dijo finalmente Violet, apartando la tostada que casi no había tocado—. Estoy segura de que Tío Monty ya ha empezado a trabajar y nos está esperando.

—Y yo estoy seguro de que Stephano también está allí —dijo Klaus, mirando taciturno su bol de cereales—. Nunca tendremos oportunidad de decirle a Tío Monty lo que sabemos de él.

—Yinga —dijo Sunny con tristeza, dejando caer al suelo la zanahoria cruda que ni siquiera había probado.

—Si Tío Monty supiese lo que nosotros sabemos —dijo Violet— y Stephano supiese que él sabía lo que nosotros sabemos... Pero Tío Monty no sabe lo que sabemos y Stephano sabe que él no sabe tampoco lo que nosotros sabemos.

—Lo sé —dijo Klaus.

—Sé que lo sabes —dijo Violet—, pero lo que no sabemos es lo que el Conde Olaf, quiero decir *Stephano*, está tramando. Anda tras nuestra fortuna, seguro, pero ¿cómo puede hacerse con ella si estamos al cuidado de Tío Monty?

—Quizá simplemente espere hasta que seas mayor de edad y entonces nos robe la fortuna —dijo Klaus.

—Cuatro años es una espera muy larga —dijo Violet.

Los tres huérfanos recordaron en silencio dónde habían estado cuatro años atrás. Violet tenía diez años y llevaba el pelo muy corto. Recordaba que por aquel entonces había inventado un nuevo tipo de sacapuntas. Klaus tenía unos ocho años, y recordaba lo muy interesado que había estado por los cometas, y que había leído todos los libros de astronomía que sus padres tenían en la biblioteca. Sunny, claro, no había nacido todavía hacía cuatro años, y se sentó a intentar recordar qué sentía entonces. Muy oscuro, pensó, con nada que morder. A los tres jóvenes cuatro años les parecía mucho tiempo.

—Venga, venga, vais muy lentos esta mañana —dijo Tío Monty entrando en la habitación. Su rostro estaba más radiante que de costumbre y llevaba en la mano unos papeles doblados–. Stephano sólo lleva un día trabajando aquí y ya está en la Habitación de los Reptiles. De hecho, se ha levantado antes que yo; me lo he encontrado bajando las escaleras. Es un entusiasta. Pero vosotros tres os estáis moviendo como la Perezosa Serpiente Húngara, ¡cuya velocidad máxima son dos centímetros por hora! Hoy tenemos muchas cosas que hacer y me gustaría llegar al pase de las seis de *Zombis en la nieve*, así que tenemos que intentar ir deprisa, deprisa, deprisa.

Violet miró a Tío Monty y se dio cuenta de que aquella podría ser la única oportunidad que tendrían de hablar con él a solas, sin Stephano rondando alrededor, pero parecía tan emocionado con sus historias que no estaban seguros de que fuese a escuchar lo que le dijeran.

–Hablando de Stephano –empezó ella tímidamente–, nos gustaría hablarte de él.

Los ojos de Tío Monty se abrieron mucho y miró a su alrededor como si hubiese espías en la habitación, antes de acercarse a los niños y murmurar:

—A mí también me gustaría hablar con vosotros. Tengo mis sospechas acerca de Stephano y me gustaría comentarlas con vosotros.

Los huérfanos Baudelaire se miraron aliviados.

—¿De verdad? —dijo Klaus.

—Claro —dijo Tío Monty—. Anoche empecé a sospechar mucho de este nuevo ayudante. Hay algo un poco misterioso en él. Y yo —Tío Monty volvió a mirar a su alrededor y empezó a hablar todavía más bajo, y los niños tuvieron que contener la respiración para poder escucharle—. Y yo creo que deberíamos discutirlo fuera. ¿Os parece?

Los niños asintieron y se levantaron de la mesa. Dejando los platos del desayuno sucios, algo que en general no está bien pero que es completamente comprensible en casos de emergencia, caminaron junto a Tío Monty hasta la puerta de entrada, pasando junto al cuadro de las dos serpientes enroscadas, y salieron al césped, como si en lugar de querer hablar entre ellos quisiesen hacerlo con los setos con formas de serpientes.

—No pretendo vanagloriarme —empezó a decir Tío Monty, utilizando una palabra que aquí significa «ser fanfarrón»–, pero es cierto que soy uno de los herpetólogos más respetados en el mundo entero.

Klaus parpadeó. Era un principio inesperado para la conversación.

–Claro que lo eres –dijo–, pero...

–Y por eso lamento decir –prosiguió Tío Monty como si no le hubiese oído– que muchas personas me tienen envidia.

–Estoy segura de que eso es cierto –dijo Violet perpleja.

–Y cuando la gente te tiene envidia –dijo Tío Monty moviendo la cabeza–, haría cualquier cosa. Haría locuras. Cuando me estaba sacando el título de herpetólogo, mi compañero de habitación tenía tanta envidia del nuevo sapo que yo había descubierto que me robó mi único espécimen y se lo comió. Tuve que radiografiar su estómago y utilizar las radiografías en lugar del sapo en mi exposición. Y algo me dice que aquí tenemos una situación similar...

¿De qué estaba hablando Tío Monty?

–Me temo que no te sigo –dijo Klaus, que es

la forma educada de decir: «¿De qué demonios estás hablando, Tío Monty?».

–Anoche, después de que os fueseis a la cama, Stephano me hizo demasiadas preguntas sobre todas las serpientes y sobre la expedición. Y, ¿sabéis por qué?

–Creo que sí –empezó Violet.

Pero Tío Monty la interrumpió:

–Porque este hombre que se hace llamar Stephano es en realidad un miembro de la Sociedad Herpetóloga y está aquí para intentar encontrar a la Víbora Increíblemente Mortal, para poder adelantarse así a mi presentación. ¿Sabéis lo que eso significa?

–No –dijo Violet–, pero...

–Significa que Stephano me va a robar la serpiente –dijo Tío Monty– y la va a presentar a la Sociedad Herpetóloga. Al ser una especie nueva, no hay forma de que yo pueda demostrar que fui yo quien la descubrió. Antes de que nos demos cuenta, la Víbora Increíblemente Mortal se llamará la Serpiente Stephano o algo igualmente espantoso. Y, si él está planeando eso, pensad qué hará en nuestra expedición a Perú. Cada sapo que cojamos, cada muestra de veneno que introduzcamos en una probeta, cada encuentro con una serpiente que anotemos, cada trabajillo que hagamos, caerá en manos de este espía de la Sociedad Herpetóloga.

–Él no es un espía de la Sociedad Herpetóloga –dijo Klaus impaciente–. ¡Es el Conde Olaf!

–¡Sé exactamente a qué te refieres! –dijo Tío Monty excitado–. Este comportamiento es de hecho tan vil como el de aquel hombre. Por eso actúo así. –Levantó una mano y zarandeó los papeles en el aire–. Como sabéis, mañana nos vamos a Perú. Aquí están nuestros billetes para embarcar a las cinco en punto en el Próspero, un buen barco que nos llevará por mar hasta América del Sur. Hay un billete para mí, uno para Violet, uno para Klaus, uno para Stephano, pero no hay para Sunny, porque la esconderemos en una maleta para ahorrar dinero.

–¡Diipo!

–Estoy bromeando. Pero esto no es una broma –Tío Monty, el rostro sonrojado de excitación, cogió uno de los papeles y empezó a hacerlo añicos–. Éste es el billete de Stephano. Él no va a ir a Perú con nosotros. Mañana por la mañana le diré que es necesario que se quede aquí para cuidar mis especímenes. De esta forma podremos llevar a cabo una fantástica expedición.

–Pero Tío Monty... –dijo Klaus.

–¿Cuántas veces tengo que recordarte que interrumpir no es de buena educación? –le interrumpió Tío Monty negando con la cabeza–. En cualquier caso, sé lo que os preocupa. Os preocupa lo que pueda ocurrir si él se queda aquí solo con la Víbora Increíblemente Mortal. Pero no os preocupéis. La víbora se unirá a nosotros en la expedición, viajando en una de las jaulas para transportar serpientes. Sunny, no sé por qué estás tan taciturna. Pensaba que te alegraría tener la compañía de la víbora. Así que no estéis tan preocupados, bambini. Como podéis ver, vuestro Tío Monty tiene la situación bajo control.

Cuando alguien está un poco equivocado –como cuando un camarero pone leche desnatada en tu cortado en lugar de leche semidesnatada–, a menudo es bastante fácil explicarle cómo y por qué está equivocado. Pero si alguien está increíblemente equivocado –como cuando un camarero te muerde la nariz en lugar de tomar nota–, a menudo te puede sorprender no ser capaz de decir nada. Paralizado por lo equivocado que está el camarero, te quedarás boquiabierto y parpadeando, pero no serás capaz de pronunciar palabra. Eso fue lo que les ocurrió a los niños Baudelaire. Tío Monty estaba tan equivocado con Stephano al pensar que era un espía herpetólogo en lugar del Conde Olaf, que los tres hermanos no encontraron forma de decírselo.

–Venga, queridos míos –dijo Tío Monty–. Ya hemos perdido bastante tiempo hablando. Tenemos que... ¡au! –se interrumpió con un grito de sorpresa y dolor.

Y cayó al suelo.

–¡Tío Monty! –gritó Klaus.

Los niños Baudelaire vieron un objeto grande y brillante encima de Tío Monty, y un momento más tarde vieron de qué objeto se trataba: era la lámpara de latón para leer que estaba al lado de la silla grande con cojín en la habitación de Klaus.

—¡Au! —volvió a decir Tío Monty, sacándose la lámpara de encima—. Eso ha dolido. Igual tengo el hombro desgarrado. Ha sido una suerte que no aterrizara en mi cabeza, o realmente podría haberme hecho daño de verdad.

—Pero ¿de dónde ha caído? —preguntó Violet.

—Debe de haber caído por la ventana —dijo Tío Monty, señalando la habitación de Klaus—. ¿De quién es esa habitación? Klaus, creo que es la tuya. Tienes que ir con más cuidado. No puedes dejar colgados de la ventana objetos pesados. Mira lo que ha estado a punto de ocurrir.

—Pero esa lámpara no estaba en ningún sitio cercano a la ventana —dijo Klaus—. La tengo en el *nicho*, para poder leer en la silla grande.

—¿De verdad, Klaus? —dijo Tío Monty, poniéndose en pie y dándole la lámpara—. ¿Realmente esperas que crea que la lámpara llegó hasta la ventana y saltó desde allí contra mi hombro? Por favor, vuelve a colocar esto en tu habitación, en lugar seguro, y no hablemos más del asunto.

—Pero... —dijo Klaus.

Su hermana mayor le interrumpió:

—Yo te ayudo, Klaus —dijo Violet—. Encontraremos un lugar seguro donde colocarla.

—Bueno, no tardéis demasiado —dijo Tío Monty, tocándose el hombro—. Os esperamos en la Habitación de los Reptiles. Vamos, Sunny.

Entraron en la casa y en las escaleras se separaron: Tío Monty y Sunny en dirección a la enorme puerta de la Habitación de los Reptiles, y Violet y Klaus llevando la pesada lámpara de latón a la habitación de Klaus.

—Tú sabes *muy bien* —le murmuró Klaus a su hermana— que yo no he sido *descuidado* con esta lámpara.

—Claro que lo sé —susurró Violet—. Pero de nada sirve intentar explicárselo a Tío Monty. Cree que Stephano es un espía herpetólogo. Tú sabes tan bien como yo que Stephano ha sido el responsable de esto.

—Qué listos sois al haber llegado a esta conclusión –dijo una voz procedente de lo alto de las escaleras.

Y fue tal la sorpresa de Violet y de Klaus que casi se les cae la lámpara. Era Stephano o, si lo perferís, el Conde Olaf. Era el chico malo.

–Pero siempre habéis sido muy listos, niños –prosiguió–. Un pelín demasiado listos para mi gusto, pero no estaréis aquí por mucho tiempo, así que eso no me preocupa.

–Usted no es demasiado listo –dijo Klaus furioso–. Esta pesada lámpara de latón casi nos da a nosotros, pero, si algo nos ocurre a mí o a mis hermanas, nunca conseguirá hacerse con la fortuna de los Baudelaire.

–Qué pena, qué pena –dijo Stephano, mostrando en su sonrisa los sucios dientes–. Si quisiese hacerte daño a *ti*, huérfano, tu sangre ya estaría cayendo por estas escaleras como una cascada. No, no voy a tocar ni un pelo ni una cabeza de ningún Baudelaire, no aquí en esta casa. No tenéis nada que temer, pequeñines, hasta que nos encontremos en un lugar donde sea más difícil rastrear los crímenes.

—¿Y dónde está ese lugar? —preguntó Violet—. Tenemos planeado quedarnos aquí hasta que seamos mayores.

—¿Sí? —se mofó Stephano—. Pues yo tenía la impresión de que mañana nos íbamos del país.

—Tío Monty ha roto su billete —contestó Klaus triunfante—. Sospechaba de usted y ha cambiado sus planes y ahora no va a ir con nosotros.

Stephano dejó de sonreír y frunció el ceño, y sus dientes manchados parecieron hacerse más grandes. Sus ojos se pusieron tan brillantes que a Violet y a Klaus les dolió mirarlos.

—Yo no confiaría en eso —dijo con una voz terrible, terrible—. Incluso los mejores planes pueden cambiar si hay un accidente. —Señaló con uno de sus puntiagudos dedos la lámpara de latón—. Y los accidentes ocurren en cualquier momento.

Las malas circunstancias estropean cosas que de
otra forma serían agradables. Así sucedió con los
huérfanos Baudelaire y la película *Zombis en la
nieve*. Los tres niños se habían pasado la tarde
sentados, preocupados, en la Habitación de los
Reptiles, bajo la mirada burlona de Stephano y
la despreocupada –la palabra «despreocupada»
significa aquí «no cons-
ciente de que Stephano
era en realidad el Conde
Olaf y por consiguiente
él estaba en peligro»– conversación de Tío Monty. Así pues,
cuando llegó la noche, los hermanos no estaban de humor

para ir al cine. El jeep de Tío Monty era realmente demasiado pequeño para él, Stephano y los tres huérfanos: Klaus y Violet compartieron asiento y la pobre Sunny tuvo que sentarse en el sucio regazo de Stephano, pero los dos Baudelaire mayores estaban demasiado preocupados para darse cuenta del malestar de la pequeña.

En los multicines, los niños se sentaron en la misma fila con Tío Monty a un lado, mientras Stephano se sentaba en medio y acaparaba las palomitas. Pero los niños estaban demasiado angustiados para comer y demasiado ocupados intentando descubrir los planes de Stephano para disfrutar de *Zombis en la nieve*, que era una buena película. Cuando los zombis aparecieron por primera vez entre las montañas de nieve que rodeaban el pueblecito pesquero alpino, Violet intentó imaginar cómo podría Stephano embarcarse en el Próspero sin billete y acompañarles a Perú. Cuando los hombres del pueblo construyeron una barrera de vigorosos robles y los zombis la atravesaron como si nada, Klaus estaba preocupado intentando descubrir el verdadero significado de las palabras de Stephano cuando habló de accidentes. Y cuando Gerta, la joven lechera, se hizo amiga de los zombis y les pidió por favor que dejasen de comerse a los habitantes del pueblo, Sunny, que era lo bastante mayor para comprender la situación de los huérfanos, intentó pensar en alguna forma de hacer fracasar los planes de Stephano, fuesen los que fuesen. En la escena final de la película, los zombis y los habitantes del pueblo celebraban juntos el primero de mayo, pero los tres huérfanos Baudelaire estaban demasiado nerviosos y asustados para pasárselo mínimamente bien. De camino a casa, Tío Monty intentó entablar conversación con los preocupados niños, que iban sentados en el asiento trasero, pero casi no contestaron ni una palabra y al final él también quedó en silencio.

Cuando el jeep se detuvo frente a los setos con formas de serpientes, los niños Baudelaire salieron a toda prisa y corrieron hasta la puerta principal, sin tan siquiera darle las buenas noches a su desconcertado tutor. Subieron, afligidos, las escaleras hasta sus dormitorios, pero, cuando llegaron ante las respectivas puertas, no pudieron soportar separarse.

—¿Podríamos pasar la noche los tres juntos en la misma habitación? —le preguntó Klaus tímidamente a Violet—. Anoche me sentí como si estuviese en una celda, solo y preocupado.

—Yo también —admitió Violet—. Dado que no vamos a dormir, podemos no dormir en el mismo sitio.

—Tikko —asintió Sunny, y siguió a sus hermanos hasta el cuarto de Violet.

Violet paseó la mirada por la habitación y recordó lo emocionada que había estado al instalarse allí hacía tan poco tiempo. Ahora la enorme ventana que daba a los setos con formas de serpientes resultaba más deprimente que inspiradora, y los papeles blancos pegados a la pared, en lugar de parecerle útiles, parecían recordarle lo ansiosa que estaba.

—Veo que no has trabajado demasiado en tus inventos —dijo Klaus con ternura—. Yo no he leído nada. Cuando el Conde Olaf está cerca entorpece la imaginación.

—No siempre —señaló Violet—. Cuando vivíamos con él, tú lo leíste todo sobre las leyes nupciales para descubrir sus planes, y yo inventé un garfio para detenerle.

—En esta situación, sin embargo —dijo Klaus con tristeza—, ni siquiera sabemos qué trama el Conde Olaf. ¿Cómo podemos urdir un plan si no concemos *su* plan?

—Bueno, intentemos desmenuzar la situación —dijo Violet, utilizando una expresión que aquí significa «hablar de algo detenidamente hasta comprenderlo por completo»—. El Conde Olaf, que se hace llamar Stephano, ha venido a nuestra casa disfrazado y está claro que anda tras la fortuna de los Baudelaire.

—Y —prosiguió Klaus—, una vez se haga con ella, planea matarnos.

—Tadu —murmuró Sunny con solemnidad, lo que probablemente significaba algo parecido a: «Nos encontramos en una situación repugnante».

—Sin embargo —dijo Violet—, si nos hace daño, no tendrá forma de hacerse con nuestra fortuna. Por eso intentó casarse conmigo la última vez.

—Gracias a Dios que aquello no funcionó —dijo Klaus temblando—. El Conde Olaf sería mi cuñado. Pero esta vez no tiene planeado casarse contigo. Dijo algo de un accidente.

—Y de ir a un lugar donde es más difícil rastrear los crímenes —dijo Violet, recordando sus palabras—. Debía referirse a Perú. Pero Stephano no va a ir a Perú. Tío Monty ha hecho añicos su billete.

—¡Dug! —Sunny soltó un genérico grito de frustración y dio un golpe en el suelo con su pequeño puño.

La palabra «genérico» significa aquí «cuando a alguien no se le ocurre nada especial que decir». Y Sunny en ese sentido no estaba sola. Violet y Klaus eran obviamente demasiado mayores para decir cosas como «¡Dug!», pero hubieran deseado no serlo. Desearon poder descubrir el plan del Conde Olaf. Desearon que su situación no pareciese tan misteriosa y desesperada como parecía y desearon ser lo bastante pequeños para simplemente gritar «¡Dug!» y golpear el suelo con el puño. Y más que nada, claro está, desearon que sus padres estuviesen vivos y que ellos tres estuviesen a salvo en la casa donde habían nacido.

Y, con el mismo fervor con que los huérfanos Baudelaire deseaban que sus circunstancias fuesen distintas, yo desearía poder cambiar de alguna manera las circunstancias de la historia que os estoy contando. Incluso estando aquí sentado, a salvo y tan lejos del Conde Olaf, casi no puedo soportar escribir una palabra más. Quizás lo mejor sería que cerraseis este libro ahora mismo y no leyeseis nunca el final de esta horripilante historia. Podéis imaginar, si queréis, que una hora más tarde, de repente, los huérfanos Baudelaire descubrieron lo que Stephano estaba tramando y fueron capaces de salvar la vida de Tío Monty. Podéis imaginaros a la policía llegando con sus luces parpadeantes y sus sirenas y llevándose a Stephano a la cárcel por el resto de su vida. Podéis pretender, aunque no sea así, que ahora los Baudelaire viven felices con Tío Monty. O, mejor, podéis evocar la ilusión de que los padres Baudelaire no murieron jamás, y de que el terrible incendio y el Conde Olaf y Tío

Monty y todos los desafortunados sucesos no son más que un sueño, un producto de la imaginación.

Pero ésta no es una historia feliz, y no me queda otro remedio que deciros que los huérfanos Baudelaire se quedaron sentados como tontos en la habitación de Violet –la expresión «como tontos» significa aquí «sin hablar» y no «de forma estúpida»– toda la noche. Si alguien hubiese mirado por la ventana del dormitorio al salir el sol, habría visto a los tres niños acurrucados en una cama, los ojos abiertos y llenos de preocupación. Pero nadie miró por la ventana. Alguien llamó a la puerta, cuatro fuertes golpes, como si estuviesen clavando algo.

Los niños parpadearon y se miraron.

–¿Quién es? –dijo Klaus, su voz chirriante por haber permanecido tanto tiempo en silencio.

En lugar de una respuesta, la persona que había al otro lado de la puerta giró simplemente el pomo y la puerta se abrió poco a poco. Allí estaba Stephano, con la ropa muy arrugada y los ojos más brillantes que nunca.

—Buenos días —dijo—. Ha llegado la hora de irnos a Perú. En el jeep sólo hay sitio para tres huérfanos y yo, así que andando.

—Ya le dijimos ayer que usted no iba con nosotros —dijo Violet.

Esperaba que su voz sonara más valiente de lo que ella se sentía.

—El que no va a venir es vuestro Tío Monty —dijo Stephano, y levantó la parte de su frente donde debería estar su ceja.

—No sea ridículo —dijo Klaus—. Tío Monty no se perdería la expedición por nada del mundo.

—Preguntádselo a él —dijo Stephano, y los Baudelaire vieron una expresión familiar en su rostro. Su boca casi no se movió, pero sus ojos brillaban como si acabase de contar un chiste—. ¿Por qué no se lo preguntáis? Está en la Habitación de los Reptiles.

—Se lo *vamos* a preguntar... —dijo Violet—. Tío Monty no tiene la menor intención de dejar que nos lleve a Perú.

Se levantó de la cama, cogió a sus hermanos de la mano y pasó deprisa ante Stephano, que seguía sonriendo junto a la puerta.

—Se lo *vamos* a preguntar —volvió a decir Violet, y Stephano les hizo una reverencia cuando salieron de la habitación.

El pasillo estaba extrañamente en silencio, y blanco como los ojos de una calavera.

—¿Tío Monty? —gritó Violet al final del pasillo. Nadie contestó.

Excepto algunos crujidos de los escalones, la casa estaba anormalmente silenciosa, como si estuviese abandonada desde hacía muchos años.

—¿Tío Monty? —gritó Klaus al principio de las escaleras.

No oyeron nada.

Violet, de puntillas, abrió la enorme puerta de la Habitación de los Reptiles, y durante un instante los huérfanos se quedaron mirando la habitación como hipnotizados, hechizados por la extraña luz azul del sol del amanecer a través de los techos y las paredes de cristal. En la tenue luz, sólo podían distinguir siluetas de los distintos reptiles moviéndose en sus jaulas o durmiendo ovillados en masas oscuras e indefinidas.

Los tres hermanos, sus pasos retumbando en

las brillantes paredes, caminaron por la Habitación de los Reptiles hacia el extremo más alejado, donde estaba la biblioteca de Tío Monty. A pesar de que la habitación a oscuras resultaba misteriosa y extraña, era un misterio reconfortante y una extrañeza tranquilizadora. Se acordaron de la promesa de Tío Monty: si dedicaban tiempo suficiente a aprender de la experiencia, no sufrirían el más mínimo daño en la Habitación de los Reptiles. Sin embargo, tanto yo como vosotros recordamos que la promesa de Tío Monty estaba cargada de ironía dramática, y en aquel momento, en la Habitación de los Reptiles, en la penumbra de la primera hora de la mañana, aquella ironía iba a llegar a la madurez, frase que aquí significa «los Baudelaire iban a aprender finalmente su significado». Porque, al llegar a los libros, los tres hermanos pudieron ver una sombra grande acurrucada en la esquina más lejana. Klaus, nervioso, encendió una de las lámparas de lectura para ver mejor. Aquella sombra era Tío Monty. Su boca estaba ligeramente abierta, como si estuviese sorprendido, y tenía los ojos como platos, pero no parecía verlos. Su rostro, habitualmente tan sonrosado, estaba muy, muy pálido, y debajo del ojo izquierdo había dos agujeritos, alineados, el tipo de marca producida por los dos colmillos de una serpiente.

—¿Divo sum? —y Sunny le tiró del pantalón.

Tío Monty no se movió. Como les había prometido, los huérfanos Baudelaire no habían sufrido daño alguno en la Habitación de los Reptiles, pero Tío Monty había sufrido muchísimo daño.

CAPÍTULO

Siete

–Caramba, caramba, caramba,
caramba –dijo una voz detrás
de ellos, y los huérfanos Baudelaire se dieron la vuelta para
ver a Stephano allí de pie, llevando la maleta negra con el
candado plateado y con una
mirada de *embelecadora* sorpresa
en el rostro. «Embelecadora»
es un sinónimo tan extraño de
«falsa» que ni siquiera Klaus
sabía lo que significaba, pero
no hacía falta decirles a los
niños que Stephano simulaba
sorpresa–. Menudo terrible ac-

cidente ha ocurrido aquí. Mordedura de serpiente. El que lo descubra quedará muy trastornado.

—Usted... —empezó a decir Violet, pero se detuvo, tenía la extraña sensación en la garganta de que la muerte de Tío Monty era como un alimento que sabía fatal—. Usted... —volvió a decir.

Stephano no le hizo ni caso.

—Claro está, cuando descubran que el señor Montgomery está muerto, se preguntarán qué habrá sido de aquellos repulsivos huérfanos que holgazaneaban por la casa. Pero éstos se habrán ido muy lejos. Por cierto, es hora de marcharse. El Próspero zarpa del Puerto Brumoso a las cinco en punto y me gustaría ser el primer pasajero en embarcar. Así tendré tiempo de tomarme una botella de vino antes de comer.

—¿Cómo ha podido? —susurró Klaus con voz ronca. No lograba apartar la mirada del rostro pálido, muy pálido de Tío Monty—. ¿Cómo ha podido hacer esto? ¿Cómo ha podido asesinarle?

—Bueno, Klaus, estoy sorprendido —dijo Stephano, y se acercó al cuerpo de Tío Monty—. Un sabelotodo como tú debería ser capaz de llegar a la conclusión de que tu viejo tío gordinflón ha muerto de mordedura de serpiente, no ha sido asesinado. Mira las marcas de estos colmillos. Mira su rostro tan pálido. Mira esos ojos como platos.

—¡Pare! —dijo Violet—. ¡No hable así!

—¡Tienes razón! —dijo Stephano—. ¡No hay tiempo para charlas! ¡Tenemos un barco que tomar! ¡Vámonos!

—No iremos a ningún sitio con usted —dijo Klaus, más concentrado en su difícil situación que en no perder el control—. Nos quedaremos aquí hasta que llegue la policía.

—¿Y cómo supones que sabrá la policía que tiene que venir? —dijo Stephano.

—Nosotros les llamaremos —dijo Klaus, en lo que esperaba fuese un tono de voz firme, y empezó a caminar hacia la puerta.

Stephano dejó caer su maleta, el candado plateado golpeando ruidosamente el suelo de mármol. Avanzó un poco y cerró el paso a Klaus, los ojos muy abiertos y rojos de ira.

—Estoy tan *cansado* —gruñó Stephano— de tener que *explicártelo* todo... ¡Se supone que eres *muy listo*, pero siempre olvidas esto! —Se metió la mano en el bolsillo y sacó el cuchillo dentado—. Esto es mi cuchillo. Está muy afilado y muy deseoso de hacerte daño, casi tanto como yo. Si no haces lo que te digo, te hará daño de verdad. ¿Ha quedado lo bastante claro? Ahora, métete en el jodido jeep.

Es, como sabéis, muy, muy grosero y a menudo innecesario decir palabrotas, pero los huérfanos Baudelaire estaban demasiado aterrorizados para hacérselo saber a Stephano. Los tres niños, después de mirar por última vez a su pobre Tío Monty, siguieron a Stephano a través de la puerta de la Habitación de los Reptiles, para meterse en el jodido jeep. Para más inri —palabra que aquí significa «forzar a alguien que ya está muy triste a llevar a cabo una tarea desagradable»—, Stephano obligó a Violet a sacar su maleta de la casa, pero ella estaba demasiado abstraída en sus propios pensamientos para que le importase. Pensaba en la última conversación que ella y sus hermanos habían mantenido con Tío Monty, y pensaba, en un repentino ataque de vergüenza, que realmente no había sido una conversación. Recordaréis, claro está, que, de regreso a casa después de *Zombis en la nieve*, los niños estaban tan preocupados por Stephano que no le habían dicho una sola palabra a Tío Monty, y entonces el jeep había llegado a la casa y los huérfanos Baudelaire habían corrido escaleras arriba para huir de aquella situación, sin darle siquiera las buenas noches al hombre que ahora yacía muerto y cubierto por una sábana en la Habitación de los Reptiles. Cuando los chicos llegaron al jeep, Violet intentaba recordar si le habían dado las gracias por llevarlos al cine, pero todo lo referente a aquella noche era confuso. Le parecía que ella, Klaus y Sunny le habrían dicho probablemente: «Gracias, Tío Monty», cuando estaban en la taquilla del cine, pero no podía estar segura. Stephano abrió la puerta del jeep e hizo gestos con el cuchillo para que Klaus y Sunny entrasen en el diminuto asiento trasero, y Violet, con la pesada maleta negra en el regazo, en el asiento del copiloto. Los huérfanos tuvieron la leve esperanza de que el motor no arrancase cuando Stephano giró la llave, pero fue en vano. Tío Monty cuidaba muy bien de su jeep y el motor arrancó a la primera.

Violet, Klaus y Sunny miraron hacia atrás, y Stephano empezó a conducir el coche por la avenida de los setos con formas de serpientes. Al ver la Habitación de los Reptiles, que Tío Monty había montado con tanto cuidado para albergar sus especímenes y en la que él era ahora también un espécimen, la desesperación de los Baudelaire fue demasiado grande y empezaron a llorar en silencio. La muerte de un ser querido es algo curioso. Todos sabemos que nuestro tiempo en este mundo es limitado y que al final todos acabaremos cubiertos por una sábana para nunca despertar. Y, sin embargo, siempre es una sorpresa cuando le pasa a alguien que conoces. Es como subir a oscuras las escaleras en dirección a tu dormitorio y creer que hay un peldaño más de los que hay. Tu pie cae al vacío y hay un instante de sorpresa mientras vuelves a ajustar la forma que tienes de pensar en las cosas. Los huérfanos

Baudelaire no sólo lloraban por Tío Monty, sino también por sus padres, y con esa oscura y curiosa sensación de caída que acompaña a una gran pérdida.

¿Qué les iba a ocurrir? Stephano había asesinado cruelmente al hombre que se suponía tenía que cuidar de los Baudelaire y ahora estaban solos. ¿Qué les iba a hacer Stephano? Se suponía que se tenía que quedar en tierra cuando ellos zarpasen rumbo a Perú, pero ahora él iba a embarcarse con ellos en el Próspero. ¿Y qué terribles cosas iban a suceder en Perú? ¿Iba a rescatarles alguien allí? ¿Se haría Stephano con su fortuna? Y ¿qué ocurriría con los tres niños después? Estas preguntas dan miedo y, si estáis pensando tales cosas, requieren toda vuestra atención, y los huérfanos estaban tan inmersos pensando en ellas que no se dieron cuenta de que Stephano estaba a punto de chocar contra otro coche hasta el momento del impacto.

Hubo un horrible ruido de metal retorcido y cristales rotos, cuando un coche negro chocó contra el jeep de Tío Monty, tirando a los niños al suelo con un fuerte *zump*, que les dio la sensación de que su estómago seguía en el asiento. La maleta negra golpeó el hombro de Violet y después el parabrisas, que al instante se llenó de fisuras, como si de una telaraña se tratase. Stephano soltó un grito de sorpresa y giró el volante hacia un lado y hacia el otro, pero los dos vehículos estaban enganchados y, con otro *zump*, salieron de la carretera y acabaron sobre un montón de lodo. Es extraño que un accidente de coche pueda considerarse buena suerte, pero ése fue el caso. Con los setos con formas de serpientes todavía visibles, el viaje de los Baudelaire hasta el Puerto Brumoso se había detenido.

Stephano soltó otro cortante grito, esta vez de rabia.

—¡Maldigo los infiernos! —gritó.

Y Violet se tocó el hombro para comprobar que no estaba seriamente dañado. Klaus y Sunny se levantaron con cuidado del suelo del jeep y miraron por el parabrisas roto. Parecía que en el otro coche sólo había una persona, pero era difícil saberlo a ciencia cierta, porque el vehículo había sufrido muchos más daños que el jeep de Monty. Su morro estaba completamente aplastado, como un acordeón, y un tapacubos daba vueltas en el Camino Piojoso, haciendo ruidos y trazando círculos imperfectos, como si se tratase de una moneda gigante que alguien hubiese lanzado al suelo. El conductor iba vestido de gris, emitió un ruido seco mientras abría la puerta abollada del coche y luchaba por salir. Volvió a emitir el ruido seco, se metió la mano en un bolsillo del traje y sacó un pañuelo blanco.

—¡Es el señor Poe! —gritó Klaus.

Era el señor Poe, tosiendo como de costumbre, y los niños estaban tan contentos de verle que se encontraron sonriendo a pesar de las terribles circunstancias.

—¡Señor Poe! ¡Señor Poe! —gritó Violet, mientras sorteaba la maleta de Stephano para abrir la puerta del copiloto.

Stephano alargó el brazo y la agarró por el hombro herido, girando a la vez su cabeza lentamente para que los tres niños pudiesen ver sus brillantes ojos.

—¡Esto no cambia *nada*! —les susurró—. Habéis tenido un poco de suerte, pero es la última que os queda. Os prometo que los tres volveréis a estar conmigo en este coche en dirección al Puerto Brumoso a tiempo para subirnos al Próspero.

—Eso ya lo veremos —contestó Violet, abrió la puerta y se deslizó por debajo de la maleta.

Klaus abrió su puerta y la siguió, con Sunny en los brazos.

—¡Señor Poe! ¡Señor Poe!

—¿Violet? —dijo el señor Poe—. ¿Violet Baudelaire? ¿Eres tú?

—Sí, señor Poe —dijo Violet—. Somos nosotros tres y le estamos muy agradecidos por haber chocado con nosotros.

—Bueno, yo no diría eso —dijo el señor Poe—. Está claro que la culpa fue de vuestro conductor. *Vosotros* habéis chocado contra *mí*.

—¡Cómo te atreves! —gritó Stephano.

Y salió del coche, arrugando la nariz por el olor a rábano picante que flotaba en el aire. Se acercó a grandes zancadas al señor Poe, pero los niños vieron cómo a medio camino el rostro le cambiaba de la expresión de pura rabia a otra de *embelecadora* confusión y tristeza.

—Lo siento —dijo con voz aguda y agitada—. Todo esto ha sido culpa mía. Estaba tan afligido por lo ocurrido que no prestaba atención a las normas de circulación. Espero que no esté herido, señor Foe.

—Es *Poe* —dijo el señor Poe—. Me llamo *Poe*. No estoy herido. Por suerte parece que nadie está herido. Ojalá pudiese decir lo mismo de mi coche. Pero ¿quién es usted y qué hace con los niños Baudelaire?

—Yo te diré quién es —dijo Klaus—. Es...

—Por favor, Klaus —le reprendió el señor Poe, palabra que aquí significa «riñó a Klaus a pesar de que éste tenía buenas razones para interrumpir»—. No es de buena educación interrumpir.

—Me llamo Stephano —dijo Stephano, dándole la mano al señor Poe—. Soy... quiero decir *era*... el ayudante del doctor Montgomery.

—¿Qué quiere decir con *era*? —preguntó el señor Poe con dureza—. ¿Le han despedido?

—No. El doctor Montgomery... Oh, perdone.

—Stephano se dio la vuelta e hizo ver que se frotaba los ojos como si estuviese demasiado triste para seguir. Dándole la espalda al señor Poe, les guiñó el ojo a los niños antes de continuar—. Lamento decirle que ha habido un horrible accidente, señor Doe. El señor Montgomery ha muerto.

—*Poe* —dijo el señor Poe—. ¿Ha muerto? Eso es terrible. ¿Qué ha pasado?

—No lo sé —dijo Stephano—. Yo creo que ha sido una mordedura de serpiente, pero no sé nada de serpientes. Por eso me dirigía a la ciudad, a buscar a un médico. Los niños parecían estar demasiado tristes para que los dejase solos.

—¡Él no nos está llevando a buscar un médico! —gritó Klaus—. ¡Nos va a llevar a Perú!

—¿Ve usted a lo que me refiero? —le dijo Stephano al señor Poe, dándole un golpecito a Klaus en la cabeza—. Es obvio que los niños están muy afligidos. El doctor Montgomery iba a zarpar hoy hacia Perú con ellos.

—Sí, lo sé —dijo el señor Poe—. Por eso he venido a toda prisa esta mañana, para traerles finalmente su equipaje. Klaus, sé que el accidente te ha dejado confundido y triste, pero, por favor, intenta comprender que, si el doctor Montgomery está realmente muerto, la expedición está cancelada.

—Pero señor Poe… —dijo Klaus, indignado.

—Por favor —dijo el señor Poe—. Klaus, esto es algo que tienen que discutir los adultos. De todos modos, es evidente que hay que llamar a un médico.

—Bueno, ¿por que no va usted hasta la casa —dijo Stephano— y yo me llevo a los niños y busco a un médico?

—¡Juose! —gritó Sunny, lo que probablemente significaba algo como: «¡Ni hablar!».

—¿Por qué no vamos todos a la casa —dijo el señor Poe— y *llamamos* a un médico?

Stephano parpadeó y, durante un segundo, su rostro mostró enfado, antes de poder calmarse y contestar tranquilamente.

—Claro —dijo—. Debería haber llamado antes. Obviamente no pienso con la misma claridad que usted. Venga, niños, volved al jeep y el señor Poe nos seguirá.

—No vamos a volver a ese coche contigo —dijo Klaus con contundencia.

—*Por favor*, Klaus —dijo el señor Poe—. Intenta comprender. Ha habido un grave accidente. Todas las otras discusiones tendrán que esperar. El único problema es que no estoy seguro de que mi coche arranque. Está muy mal.

—Intente encenderlo —dijo Stephano.

El señor Poe asintió y volvió a su coche. Se sentó en el asiento del conductor y giró la llave. El motor hizo un ruido duro y seco —sonaba bastante parecido a la tos del señor Poe—, pero no se puso en marcha.

—Mucho me temo que el motor esté muerto —gritó el señor Poe.

—Y dentro de poco —murmuró Stephano a los niños—, tú también lo estarás.

—Lo siento —dijo el señor Poe—. No le he oído. Stephano sonrió:

—He dicho que es una pena. Bueno, ¿por qué no llevo yo a los huérfanos a la casa y usted viene caminando detrás de nosotros? No cabe nadie más.

El señor Poe frunció el entrecejo.

—Pero las maletas de los niños están aquí. No quiero dejarlas tiradas. ¿Por qué no colocamos el equipaje en su coche, y yo y los niños volvemos caminando a la casa?

Stephano frunció el entrecejo.

—Bueno, uno de los niños tendría que venir conmigo para que no me pierda.

El señor Poe sonrió.

—Pero ¡si puede ver la casa desde aquí! No se va a perder.

—Stephano no quiere que nos quedemos a solas contigo —dijo Violet finalmente. Había estado esperando el momento apropiado para exponer sus razones—. Tiene miedo de que te digamos quién es él realmente y lo que realmente está tramando.

—¿De qué está hablando? —le preguntó el señor Poe a Stephano.

—No tengo ni idea, señor Toe —contestó Stephano, negando con la cabeza y mirando furioso a Violet.

Violet respiró hondo.

—Este hombre no es Stephano —dijo señalándole—. Es el Conde Olaf y ha venido a llevarnos lejos de aquí.

—¿Quién soy? —preguntó Stephano—. ¿Qué voy a hacer?

El señor Poe miró a Stephano de arriba abajo y negó con la cabeza.

—Perdone a los niños —dijo—. Están muy trastornados. El Conde Olaf es un hombre terrible que intentó robarles su dinero, y los niños le tienen mucho miedo.

—¿Me parezco yo al Conde Olaf? —preguntó Stephano, con los ojos brillantes.

—No —dijo el señor Poe—. El Conde Olaf tenía una única ceja muy larga y una cara bien afeitada. Usted tiene barba y, si no le importa que lo diga, ni rastro de cejas.

—Se ha afeitado la ceja —dijo Violet— y se ha dejado crecer la barba. Cualquiera puede verlo.

—¡Y tiene el tatuaje! —gritó Klaus—. ¡El tatuaje del ojo en el tobillo! ¡Mire el tatuaje!

El señor Poe miró a Stephano y se encogió de hombros, como disculpándose.

—Siento pedírselo —dijo—, pero los niños parecen estar tan trastornados, y, antes de que sigamos discutiendo otras cosas, me gustaría verles más tranquilos. ¿Le importaría enseñarme el tobillo?

—Será un placer —dijo Stephano, sonriendo a los niños—. ¿Derecho o izquierdo?

Klaus cerró los ojos y pensó un instante.

—Izquierdo —dijo.

Stephano colocó su pie izquierdo en el parachoques del jeep de Tío Monty. Mirando a los huérfanos Baudelaire con los ojos muy, muy brillantes, empezó a levantar la pernera de su pantalón a rayas. Violet, Klaus, Sunny y el señor Poe clavaron sus miradas en el tobillo de Stephano.

La pernera del pantalón subió como el telón que sube para dar comienzo a la representación. Pero no había ningún tatuaje de un ojo. Los huérfanos Baudelaire se quedaron mirando el trozo de piel, tan blanco y pálido como el rostro del pobre Tío Monty.

Ocho

Mientras el jeep renqueaba delante de ellos, los huérfanos Baudelaire recorrieron penosamente a pie el camino de regreso a la casa de Tío Monty, el olor a rábano picante en las narices y una sensación de frustración en los corazones. Es muy desconcertante que te demuestren que estás equivocado, especialmente cuando en realidad tienes razón y la persona que está equivocada es la que te está demostrando que estás equivocado y demostrando equivocadamente que tiene razón. ¿Verdad?

—No sé cómo se ha deshecho de su tatuaje —le dijo Klaus tercamente al señor Poe, que estaba tosiendo en su pañuelo–, pero no hay duda de que es el Conde Olaf.

–Klaus –dijo el señor Poe cuando hubo dejado de toser–, esto de dar vueltas y más vueltas a lo mismo me empieza a cansar. Acabamos de ver el intachable tobillo de Stephano. «Intachable», significa...

–*Sabemos* lo que significa «intachable» –dijo Klaus, mientras miraba a Stephano salir del jeep y entrar a toda prisa en la casa–. «Sin tatuajes.» Pero *es* el Conde Olaf. ¿Cómo no lo ve?

–Todo lo que veo –dijo el señor Poe– es lo que tengo delante. Veo a un hombre sin cejas, con barba y sin tatuaje, y no es el Conde Olaf. De todas formas, aunque por alguna razón el tal Stephano os quisiera hacer daño, no tenéis nada que temer. Es un contratiempo que el doctor Montgomery haya muerto, pero no vamos a entregaros sin más al ayudante junto con vuestra fortuna. ¡Si este hombre ni siquiera es capaz de recordar mi nombre!

Klaus miró a sus hermanas y suspiró. Comprendieron que, una vez el señor Poe había decidido algo, iba a ser más fácil discutir con los setos con formas de serpientes que con él. Violet estaba a punto de volver a intentar razonar con él, cuando sonó un claxon detrás de ellos. Los Baudelaire y el señor Poe se apartaron del camino del automóvil que se acercaba, un cochecito gris con un conductor muy delgado. El coche se detuvo frente a la casa y la persona delgada salió, un hombre alto con un abrigo blanco.

—¿Podemos ayudarle? —dijo el señor Poe, al acercarse con los niños.

—Soy el doctor Lucafont —dijo el hombre alto, señalándose con una mano fuerte y grande—. He recibido una llamada de que ha habido un terrible accidente con una serpiente.

—¿Ya está aquí? —preguntó el señor Poe—. Pero si Stephano casi no ha tenido ni tiempo de llamar, por no hablar de que usted llegase hasta aquí.

—Yo creo que en una emergencia la velocidad es esencial, ¿no? —dijo el doctor Lucafont—. Si se tiene que realizar una autopsia, debe ser de inmediato.

—Claro, claro —se apresuró a decir el señor Poe—. Sólo es que me ha sorprendido.

—¿Dónde está el cuerpo? —preguntó el doctor Lucafont, dirigiéndose hacia la puerta.

—Stephano puede decírselo —dijo el señor Poe, mientras abría la puerta de la casa.

Stephano esperaba en la entrada con una cafetera en la mano.

—Voy a hacer un poco de café —dijo—. ¿Quién quiere una taza?

—Yo tomaré una taza —dijo el doctor Lucafont—. No hay nada como un café antes de empezar un día de trabajo.

El señor Poe frunció el entrecejo.

—¿No debería echar primero un vistazo al doctor Montgomery?

—Sí, doctor Lucafont —dijo Stephano—. El tiempo es esencial en una emergencia, ¿no le parece?

—Sí, sí, supongo que tiene razón —dijo el doctor Lucafont.

—El pobre doctor Montgomery está en la Habitación de los Reptiles —dijo Stephano, señalando el lugar donde yacía el tutor de los jóvenes

Baudelaire–. Por favor, lleve a cabo un examen lo más exhaustivo posible y *después* podrá tomar un poco de café.

–Usted manda –dijo el doctor Lucafont, abriendo la puerta de la Habitación de los Reptiles con una mano extrañamente rígida.

Stephano acompañó al señor Poe hasta la cocina y los Baudelaire les siguieron cabizbajos. Cuando uno se siente inútil e incapaz de ayudar, puede usar la expresión «sintiéndose como la quinta rueda», porque, si algo tiene cuatro ruedas, como un carro o un coche, no es necesaria una quinta. Mientras Stephano preparaba café para los adultos, los tres niños se sentaron a la mesa de la cocina donde habían comido por primera vez tarta de coco con el Tío Monty hacía poco tiempo, y Violet, Klaus y Sunny se sintieron como quinta, sexta y séptima rueda de un coche que iba en la dirección equivocada, hacia el Puerto Brumoso, listos para zarpar en el Próspero.

–Cuando he hablado con el doctor Lucafont por teléfono –dijo Stephano–, le he contado lo del accidente con su coche. Cuando haya acabado con el examen médico, le llevará a usted hasta la ciudad para buscar un mecánico, y yo me quedaré aquí con los huérfanos.

—No —dijo Klaus con firmeza—. No nos vamos a quedar solos con él ni un instante.

El señor Poe sonrió mientras Stephano le servía una taza de café, y después miró severamente a Klaus.

—Klaus, comprendo que estés muy trastornado, pero es injustificable que sigas tratando a Stephano con tanta rudeza. Por favor, pídele disculpas.

—¡*No!* —gritó Klaus.

—No pasa nada, señor Yoe —dijo Stephano en tono conciliador—. El asesinato del doctor Montgomery ha dejado muy trastornados a los niños, y no espero que tengan el mejor de los comportamientos.

—¿Asesinato? —dijo Violet. Se volvió hacia Stephano e intentó parecer sólo ligeramente curiosa, en lugar de enfurecida—. ¿Por qué has dicho *asesinato*, Stephano?

El rostro de Stephano se oscureció y cerró los puños con fuerza. Parecía que no había nada que desease más que arrancarle los ojos a Violet.

–Me he equivocado –dijo finalmente.

–Está claro –dijo el señor Poe y bebió de su taza–. Pero los niños pueden ir con el doctor Lucafont y conmigo si de esa forma se sienten más cómodos.

–No estoy seguro de que quepan –dijo Stephano con ojos centelleantes–. Es un coche muy pequeño. Pero si los huérfanos lo prefiriesen, podrían ir conmigo en el jeep y podríamos seguirles a usted y al doctor Lucafont hasta el mecánico.

Los tres huérfanos se miraron y pensaron detenidamente. Su situación parecía un juego, aunque un juego desesperado con apuestas muy altas. La finalidad del juego consistía en no acabar solos con Stephano, porque, de ser así, se los llevaría en el Próspero. Lo que entonces ocurriría, cuando estuviesen solos en Perú con una persona tan despreciable y codiciosa, era algo en lo que no querían pensar. En lo que tenían que pensar era en cómo evitar que ocurriese. Parecía increíble que sus propias vidas dependiesen de una conversación en la que se decidiese quién iba con quién en el coche, pero en la vida a menudo los detalles más insignificantes acaban siendo los más importantes.

–¿Por qué no vamos nosotros con el doctor Lucafont –dijo Violet con cautela–, y así el señor Poe puede ir con Stephano?

–¿Por qué? –preguntó el señor Poe.

–Siempre he querido ver el interior del automóvil de un médico –dijo Violet, sabedora de que era una invención poco convincente.

–Oh, sí, yo también –dijo Klaus–. Por favor, ¿podemos ir con el doctor Lucafont?

–Me temo que no –dijo el doctor Lucafont desde la puerta, cogiéndolos a todos por sorpresa–. En cualquier caso, no los tres. He colocado el cuerpo del doctor Montgomery en mi coche, y sólo queda sitio para dos personas más.

–¿Ya ha completado su examen? –preguntó el señor Poe.

–El preliminar, sí –dijo el doctor Lucafont–. Voy a tener que llevarme el cuerpo para hacerle más pruebas, pero mi autopsia muestra que el doctor murió de mordedura de serpiente. ¿Queda un poco de café para mí?

—Claro —contestó Stephano y le sirvió una taza.

—¿Cómo puede estar seguro? —le preguntó Violet al doctor.

—¿A qué te refieres? —dijo el doctor Lucafont en tono burlón—. Puedo estar seguro de que queda café porque lo veo ahí mismo.

—Violet se refiere —dijo el señor Poe— a cómo puede estar seguro de que el doctor Montgomery murió por una mordedura de serpiente.

—En sus venas he encontrado veneno de la Mamba du Mal, una de las serpientes más venenosas del mundo.

—¿Significa eso que hay una serpiente venenosa suelta por la casa? —preguntó el señor Poe.

—No, no —dijo el doctor Lucafont—. La Mamba du Mal está segura en su jaula. Debió de salir, morder al doctor Montgomery y volver a encerrarse.

—¿*Qué*? —preguntó Violet—. Esta teoría es ridícula. Una serpiente no puede abrir sola una cerradura.

–Quizás la ayudaran otras serpientes –dijo el doctor Lucafont con tranquilidad, y dio un sorbo a su café–. ¿Hay algo para comer? He tenido que venir a toda prisa y no he podido desayunar.

–Su historia parece un poco extraña –dijo el señor Poe, y miró dubitativo al doctor Lucafont, que estaba abriendo un armario y mirando en su interior.

–He comprobado que los accidentes terribles son a menudo extraños –contestó.

–No puede haber sido un accidente –dijo Violet–. Tío Monty es… –se detuvo–. Tío Monty *era* uno de los herpetólogos más respetados del mundo. Nunca hubiera metido una serpiente venenosa en una jaula que ella pudiese abrir.

–Si no ha sido un accidente –dijo el doctor Lucafont–, alguien tiene que haberlo hecho a propósito. Obviamente vosotros, niños, no le habéis matado, y la única persona que había en la casa era Stephano.

–Y yo –añadió Stephano rápidamente– no sé apenas nada de serpientes. Sólo llevo dos días trabajando aquí y casi no he tenido tiempo de aprender nada.

—Parece haber sido un accidente —dijo el señor Poe—. Lo siento, chicos. El doctor Montgomery parecía el tutor apropiado para vosotros.

—Era más que eso —dijo Violet en voz baja—. Tío Monty era más, mucho más que un tutor apropiado.

—*¡Ésa es la comida de Tío Monty!* —gritó Klaus de repente, el rostro deformado por la ira, y señaló al doctor Lucafont, que había sacado una lata del armario—. *¡Deje de comer esa comida!*

—Sólo iba a comer un par de melocotones —dijo el doctor Lucafont y, con una de sus manos extrañamente sólidas, sostenía una de las latas de melocotón que Tío Monty había comprado el día anterior.

—Por favor —le dijo el señor Poe con amabilidad al doctor Lucafont—. Los niños están muy trastornados. Estoy seguro de que puede entenderlo. Violet, Klaus, Sunny, ¿por qué no os vais un ratito? Tenemos muchas cosas que discutir, y está claro que estáis demasiado nerviosos para participar. Bueno, doctor Lucafont, intentemos solucionar esto. Usted tiene sitio para tres pasajeros, incluyendo el cuerpo del doctor Montgomery. Y tú, Stephano, también tienes sitio para tres pasajeros.

—O sea que es muy sencillo —dijo Stephano—. Usted con el cadáver en el coche del doctor Lucafont y yo les seguiré con los niños.

—*No* —dijo Klaus con firmeza.

—Niños Baudelaire —dijo el señor Poe con la misma firmeza—, por favor, ¿podéis dejarnos solos?

—¡Afup! —gritó Sunny, lo que probablemente significaba: «No».

—Claro que sí —dijo Violet, mirando a Klaus y Sunny como para darles a entender algo.

Y, tomándolos de la mano, se los llevó fuera de la cocina. Klaus y Sunny miraron a su hermana mayor y vieron que algo en ella había cambiado. Su rostro parecía más determinado que apesadumbrado, y caminaba deprisa, como si llegase tarde a algo.

Recordaréis, claro está, que, incluso años más tarde, Klaus permanecería despierto en la cama, con el arrepentimiento de no haber avisado al taxista que había vuelto a introducir a Stephano en sus vidas. Pero, en este sentido, Violet era más afortunada que su hermano. Porque, al contrario que Klaus, cuya sorpresa fue tan grande al reconocer a Stephano que se le escapó la oportunidad de actuar, Violet se dio cuenta, mientras escuchaba a los adultos hablar y hablar, de que había llegado el momento de actuar. No puedo decir que años más tarde Violet, cuando recordaba su pasado, durmiese a pierna suelta –había demasiados sucesos tristes en la vida de cualquiera de los Baudelaire para poder dormir como troncos–, pero siempre se sintió un poco orgullosa de sí misma por haber comprendido que ella y sus hermanos debían salir de la cocina y dirigirse a un sitio que les fuera más útil.

–¿Qué estás haciendo? –le preguntó Klaus–. ¿Adónde vamos?

Sunny miró también a su hermana pidiéndole explicaciones, pero Violet no hizo más que mover la cabeza a modo de respuesta y aceleró el paso en dirección a la Habitación de los Reptiles.

Cuando Violet abrió la enorme puerta de
la Habitación de los Reptiles, los
reptiles seguían en sus jaulas, los libros seguían en sus estanterías y
el sol matinal seguía atravesando
las paredes de cristal, pero aquel lugar
no era el mismo. A pesar de que el doctor
Lucafont hubiese retirado el cuerpo de Tío
Monty, la Habitación de los Reptiles no resultaba tan atractiva como de costumbre, y
probablemente no volvería a resultarlo jamás. Lo que sucede en cierto lugar puede
cambiar tus sentimientos hacia él, como
una gota de tinta puede manchar una página en blanco. Puedes lavarla, lavarla una

y otra vez, pero nunca podrás olvidar lo que ha transpirado, palabra que aquí significa «ocurrido y hecho que todo el mundo entristezca».

—No quiero entrar —dijo Klaus—. Tío Monty murió aquí.

—Sé que no queremos entrar —dijo Violet—, pero tenemos un trabajo que hacer.

—¿Trabajo? —preguntó Klaus—. ¿Qué trabajo?

Violet apretó los dientes.

—Tenemos un trabajo que hacer —dijo—, el que debería estar haciendo el señor Poe, que, como de costumbre, está lleno de buenas intenciones pero nos sirve de muy poca ayuda.

Klaus y Sunny suspiraron, mientras ella expresaba en voz alta un sentimiento que ninguno de los tres había formulado, pero que siempre, desde que el señor Poe se hizo cargo de sus asuntos, habían experimentado.

—El señor Poe no cree que Stephano y el Conde Olaf sean la misma persona. Y cree que la muerte de Tío Monty ha sido un accidente. Tenemos que demostrarle que está equivocado en ambas cosas.

—Pero Stephano no tiene el tatuaje —señaló Klaus—. Y el doctor Lucafont ha encontrado el veneno de la Mamba du Mal en las venas de Monty.

—Lo sé, lo sé —dijo Violet con impaciencia—. Nosotros tres sabemos la verdad, pero, para convencer a los adultos, tenemos que encontrar pruebas y evidencias del plan de Stephano.

—Si hubiésemos encontrado pruebas y evidencias antes —dijo Klaus con tristeza—, quizás hubiéramos salvado la vida de Tío Monty.

—Eso ya nunca lo sabremos —dijo Violet en voz baja, y miró la Habitación de los Reptiles, donde Monty se había pasado la vida trabajando—. Pero, si metemos entre rejas a Stephano por el asesinato que ha cometido, evitaremos como mínimo que haga daño a nadie más.

—Incluyéndonos a nosotros —señaló Klaus.

—Incluyéndonos a nosotros —asintió Violet—. Bueno, Klaus, busca todos los libros de Tío Monty que puedan contener información sobre la Mamba du Mal. Y avísame cuando encuentres algo.

—Pero esta búsqueda podría llevarme días —dijo Klaus, echando un vistazo a la considerable biblioteca de Monty.

—Bueno, nosotros no tenemos días —dijo Violet con firmeza—. Ni siquiera tenemos horas. A las cinco en punto el Próspero zarpa del Puerto Brumoso, y Stephano va a hacer todo lo que esté en su mano para asegurarse de que vayamos en ese barco. Y, si acabamos solos con él en Perú...

—Vale, vale —dijo Klaus—. Empecemos. Ten, mira este libro.

—Yo no voy a mirar ningún libro. Mientras tú estás en la biblioteca, voy a subir al dormitorio de Stephano para ver si encuentro alguna pista.

—¿Sola? —preguntó Klaus—. ¿En su habitación?

—No hay ningún peligro —dijo Violet, aunque no estaba tan segura—. Klaus, ponte a toda pastilla con los libros. Sunny, vigila la puerta y muerde a todo aquel que intente entrar.

—¡Ackroid! —dijo Sunny, lo que probablemente significaba algo como: «¡Recibido!».

Violet se fue, y Sunny, fiel a su palabra, se sentó cerca de la puerta mostrando los dientes.

Klaus se dirigió a la parte más alejada de la habitación, la biblioteca, evitando con cuidado la hilera donde estaban las serpientes venenosas. Ni siquiera quiso mirar a la Mamba du Mal ni a ningún otro reptil de mordedura mortal. A pesar de saber que la muerte de Tío Monty no había sido culpa realmente de la serpiente sino de Stephano, no pudo mirar al reptil que había puesto fin a la feliz época que estaban viviendo él y sus hermanas. Klaus suspiró y abrió un libro y, como en tantas otras ocasiones en que el mediano de los Baudelaire no había querido pensar en lo que ocurría, empezó a leer.

Aquí me veo forzado a utilizar la trillada expresión «en aquel mismo instante en otro lugar». La palabra «trillada» significa aquí «utilizada por tantos y tantos escritores que, cuando Lemony Snicket la utiliza, ya se ha convertido en un molesto cliché». En aquel mismo instante en otro lugar es una frase que se utiliza para unir lo que está ocurriendo en una parte de la historia con lo que está ocurriendo en otra parte de la historia, y se refiere a lo que aquí hacía Violet, mientras

Klaus y Sunny estaban en la Habitación de los Reptiles. Pues, mientras Klaus empezaba su búsqueda en la biblioteca de Tío Monty y Sunny hacía guardia junto a la puerta con los dientes listos para morder, Violet estaba tramando algo que estoy seguro os interesará.

Violet fue a escuchar tras la puerta de la cocina, intentando oír lo que estaban diciendo los adultos. Seguro que sabéis que la clave para escuchar a escondidas es que no te descubran, y Violet se movió haciendo el menor ruido posible, intentando no pisar ninguna de las zonas del suelo que crujían. Al llegar a la puerta de la cocina, se sacó del bolsillo el lazo para el pelo y lo tiró al suelo, para que, si alguien abría la puerta, ella pudiese argumentar que estaba de rodillas para recogerlo y no para escuchar la conversación. Había aprendido aquel truco siendo muy joven, cuando escuchaba tras la puerta del dormitorio de sus padres para saber lo que planeaban para su cumpleaños y, como todos los trucos buenos, seguía funcionando.

—Pero señor Poe, si Stephano viene en el coche conmigo y usted conduce el jeep del doctor Montgomery —estaba diciendo el doctor Lucafont—, ¿cómo sabrá usted el camino?

—Ya veo a lo que se refiere —dijo el señor Poe—. Pero no creo que Sunny esté deseosa de sentarse en el regazo del doctor Montgomery, estando éste muerto. Tendremos que pensar otra solución.

—La tengo —dijo Stephano—. Yo llevaré a los niños en el coche del doctor Lucafont, y él, usted y el doctor Montgomery pueden ir en el jeep del doctor Montgomery.

—Me temo que eso no funcionará —dijo el doctor Lucafont con gravedad—. Las leyes de esta ciudad no permiten que nadie excepto yo conduzca mi coche.

—Y ni siquiera hemos discutido el asunto del equipaje de los niños —dijo el señor Poe.

Violet se levantó, pues había escuchado ya lo suficiente para saber que disponía de tiempo suficiente para subir al cuarto de Stephano. Muy, muy silenciosamente, subió las escaleras y cruzó el pasillo en dirección a la puerta de la habitación de Stephano, donde él había permanecido sentado con el cuchillo aquella horrible noche. Al llegar a la puerta, Violet se detuvo. Pensó que era alucinante que todo lo que tuviera algo que ver con el Conde Olaf diera miedo. Era una persona tan terrible que una simple ojeada a la puerta de su habitación aceleraba el corazón. Violet se encontró deseando casi que Stephano subiese a toda prisa las escaleras y la detuviese, para no tener que abrir aquella puerta y entrar en la habitación donde él dormía. Pero Violet pensó en su propia seguridad y en la de sus dos hermanos. A menudo uno encuentra el valor que creía no tener si su seguridad se ve amenazada, y la mayor de los Baudelaire encontró el valor suficiente para abrir la puerta. El hombro todavía le dolía del accidente de coche. Violet giró el pomo de latón y entró.

La habitación, como ella sospechaba, estaba sucia y desordenada. La cama por hacer y llena de migas de galleta y pelos por todas partes. Periódicos antiguos y catálogos de compra por correo formaban desiguales montones en el suelo. Encima de la cómoda había una pequeña variedad de botellas de vino medio llenas. La puerta del armario estaba abierta y dejaba a la vista unas perchas de alambre. Las cortinas que cubrían las ventanas estaban recogidas y tenían incrustado algo escamoso. Violet, al acercarse, vio con horror que Stephano las había utilizado como pañuelo.

Pero, a pesar de que era asqueroso, mocos secos no era la clase de prueba que Violet deseaba encontrar. La mayor de los huérfanos Baudelaire se quedó en el centro de la habitación y contempló el tremendo desorden. Todo era horrible, nada le servía de ayuda. Violet se tocó el hombro herido y recordó aquella ocasión en que, viviendo junto a sus hermanos con el Conde Olaf, se encontraron encerrados en la habitación de la torre. A pesar de haber sentido mucho miedo al verse atrapada en el santuario del Conde Olaf –frase que aquí significa «una habitación asquerosa donde se traman malvados planes»–, había resultado bastante útil, porque habían podido leer lo de las leyes nupciales y escapar de aquella difícil situación. Pero aquí, en el santuario de la casa de Tío Monty, todo lo que Violet podía encontrar era signos de suciedad. Stephano tenía que haber dejado en algún lugar una prueba que Violet pudiese encontrar y usar para convencer al señor Poe, pero ¿dónde estaba? Desanimada —y temiendo haber pasado demasiado tiempo en el dormitorio de Stephano—, regresó en silencio al piso de abajo.

—No, no, no —estaba diciendo el señor Poe cuando Violet se detuvo para volver a escuchar tras la puerta de la cocina—. El doctor Montgomery no puede conducir. Está muerto. Tiene que haber alguna forma de resolver todo esto.

—Se lo he dicho una y otra vez —dijo Stephano, y Violet notó por el tono de voz que se estaba enfadando—. Lo más fácil es que yo lleve a los tres niños hasta la ciudad, mientras usted nos sigue con el doctor Lucafont y el cadáver. ¿Qué podría ser más sencillo?

—Quizás tenga razón —dijo el señor Poe con un suspiro.

Y Violet se dirigió a toda prisa a la Habitación de los Reptiles.

—Klaus, Klaus —gritó—. ¡Dime que has encontrado algo! He ido a la habitación de Stephano, pero no hay nada que nos pueda servir, y creo que Stephano conseguirá meternos a los tres solos con él en el coche.

Klaus respondió con una sonrisa y empezó a leer en voz alta el libro que sostenía.

—«La Mamba du Mal —leyó— es una de las serpientes más mortales del hemisferio, conocida por la estrangulación de sus víctimas, lo cual, en conjunción con su veneno, les da a todas ellas un tono tenebroso, horrible de contemplar.»

—¿Estrangulación? ¿Conjunción? ¿Tenebroso? ¿Tono? —repitió Violet—. No tengo ni idea de lo que estás leyendo.

—Yo tampoco tenía ni idea —admitió Klaus—, hasta que he buscado algunas palabras. «Estrangulación» se refiere al acto de «estrangular». «En conjunción» significa «junto». «Tenebroso» significa «oscuro». Y «tono» significa «color». O sea, que la Mamba du Mal se caracteriza por estrangular a gente mientras la muerde, lo cual deja sus cuerpos oscuros de moratones.

—¡Para! ¡Para! —gritó Violet, tapándose las orejas—. ¡No quiero oír nada más de lo que le ocurrió a Tío Monty!

—No lo entiendes —dijo Klaus despacio—. Eso *no es* lo que le ocurrió a Tío Monty.

—Pero el doctor Lucafont dijo que había veneno de la Mamba du Mal en las venas de Monty.

—Seguro que sí, pero la serpiente no lo puso ahí. De haberlo hecho, el cuerpo de Tío Monty hubiera estado oscuro de moratones. Y tú y yo recordamos que estaba de lo más pálido.

Violet se dispuso a hablar y se detuvo al recordar el pálido, palidísimo rostro de Tío Monty cuando lo encontraron.

—Eso es verdad —dijo—. Pero entonces, ¿cómo fue envenenado?

—¿Recuerdas que Tío Monty nos dijo que guardaba veneno de todas las serpientes venenosas en probetas para estudiarlo? —dijo Klaus—. Creo que Stephano cogió el veneno y se lo inyectó a Tío Monty.

—¿De verdad? —Violet se estremeció—. Eso es horrible.

—¡Okipi! —gritó Sunny, al parecer asintiendo.

—Cuando se lo digamos al señor Poe —dijo Klaus, esperanzado—, Stephano será arrestado por el asesinato de Tío Monty y encerrado en la cárcel. Ya no intentará llevarnos a Perú, ni amenazarnos con cuchillos, hacernos cargar con su maleta, o cosas así.

Violet miró a su hermano con los ojos muy abiertos por la emoción.

—¡Maleta! —dijo—. ¡Su maleta!

—¿De qué estás hablando? —preguntó Klaus sorprendido.

Violet estaba a punto de explicárselo, cuando alguien llamó a la puerta.

—Adelante —dijo Violet, y le hizo una señal a Sunny para que no lo mordiese, cuando entró el señor Poe.

—Espero que estéis un poco más calmados —dijo el señor Poe, mirando uno a uno a los tres niños—, y que ya no alberguéis el pensamiento de que Stephano es el Conde Olaf. (Al usar el señor Poe «alberguéis» se refería a «penséis» y no a «lo tengáis viviendo en vuestra casa una temporadilla».)

—Aunque no fuese el Conde Olaf —dijo Klaus con cautela—, creemos que puede ser responsable de la muerte de Tío Monty.

—¡Tonterías! —exclamó el señor Poe, mientras Violet miraba a su hermano y negaba con la cabeza—. La muerte de Tío Monty ha sido un terrible accidente y nada más.

Klaus mostró el libro que estaba leyendo.

—Pero, mientras ustedes estaban en la cocina, nosotros hemos leído algo acerca de serpientes y...

—¿Leyendo algo acerca de serpientes? —dijo el señor Poe—. Creía que, después de lo ocurrido con el doctor Montgomery, querríais leer cualquier otra cosa, *menos* libros de serpientes.

—Pero he encontrado algo —dijo Klaus— que...

—No importa lo que hayas encontrado acerca de las serpientes —dijo el señor Poe sacando su pañuelo.

Los Baudelaire esperaron a que acabase de toser y lo guardara en un bolsillo.

—No importa —volvió a decir— lo que hayas encontrado acerca de las serpientes. Stephano no sabe nada de serpientes. Él mismo nos lo ha dicho.

–Pero... –empezó a decir Klaus, y se detuvo al ver a Violet.

Violet volvía a negar ligeramente con la cabeza. Era una señal que le indicaba que no le dijese nada más al señor Poe. Klaus miró a su hermana, al señor Poe y cerró la boca.

El señor Poe tosió en su pañuelo y miró su reloj de pulsera.

–Ahora que hemos resuelto la cuestión, queda el problema de las plazas de los coches. Sé que los tres estabais ansiosos por ver el interior del automóvil de un médico, pero lo hemos discutido una y otra vez, y simplemente no hay forma de solucionarlo. Los tres iréis con Stephano a la ciudad, mientras yo voy con el doctor Lucafont y con vuestro Tío Monty. Stephano y Lucafont están descargando todas las maletas, y nos vamos dentro de unos minutos. Si me perdonáis, tengo que llamar a la Sociedad Herpetóloga y darles la mala noticia.

El señor Poe tosió una vez más en su pañuelo y salió de la habitación.

–¿Por qué no has querido que le dijese al señor Poe lo que he encontrado? –le preguntó Klaus a Violet cuando estuvo seguro de que el señor Poe estaba fuera del alcance de su voz, frase que aquí significa «lo bastante lejos para no oír nada».

Violet no contestó. Estaba mirando por la pared de cristal de la Habitación de los Reptiles, observando cómo el doctor Lucafont y Stephano pasaban junto a los setos con formas de serpientes en dirección al jeep de Tío Monty. Stephano abrió la puerta del jeep y el doctor Lucafont empezó a sacar las maletas del asiento trasero con sus manos extrañamente rígidas.

–Violet, ¿por qué no has querido que le dijese al señor Poe lo que he encontrado?

–Cuando los adultos vengan a buscarnos –dijo Violet, sin hacer caso de la pregunta de Klaus–, no dejes que salgan de la Habitación de los Reptiles hasta que yo vuelva.

–Pero ¿cómo voy a lograrlo?

–Intenta una maniobra de distracción –contestó Violet con impaciencia, mientras seguía observando la pequeña pila que el doctor Lucafont hacía con las maletas.

—¿Qué distracción? —preguntó Klaus con ansiedad—. ¿Cómo?

—Santo Dios, Klaus —le replicó su hermana mayor—. Has leído centenares de libros. Seguro que has leído algo acerca de maniobras de distracción.

Klaus reflexionó un momento.

—Para ganar la guerra de Troya —dijo— los antiguos griegos escondieron a sus soldados en el interior de un enorme caballo de madera. Fue algo parecido a una distracción. Pero yo no tengo tiempo de construir un caballo de madera.

—Entonces tendrás que pensar en otra cosa —dijo Violet, y empezó a caminar hacia la puerta sin dejar de mirar por la ventana.

Klaus y Sunny miraron primero a su hermana y después por la ventana de la Habitación de los Reptiles, en la dirección en que ella estuvo mirando. Es notable como personas diferentes tienen pensamientos distintos al mirar una misma cosa. Porque, cuando los dos Baudelaire más jóvenes miraron al montón de maletas, sólo pensaron que, a menos que hiciesen algo rápidamente, iban a acabar a solas con Stephano en el jeep de Tío Monty. Pero, por la forma en que Violet miraba mientra salía de la Habitación de los Reptiles, estaba claro que pensaba en otra cosa. Klaus y Sunny no podían imaginar de qué se trataba, pero, de alguna forma, su hermana había llegado a una conclusión distinta al mirar su maleta marrón, o quizás la beige que contenía las cosas de Klaus, o quizás la negra grande con el reluciente candado plateado, que pertenecía a Stephano.

Diez

Quizás cuando erais muy pequeños alguien os leyó la insulsa historia –la palabra «insulsa» significa aquí «que no vale la pena leerle a nadie»– del chico que gritó «¡Lobo!». Un chico muy pesado, quizás lo recordéis, gritó «¡Lobo!» cuando no había ningún lobo, y los crédulos aldeanos que corrieron a socorrerle vieron que había sido una broma. Después gritó «¡Lobo!» cuando no era una broma, y los aldeanos no corrieron en su ayuda y el lobo se comió al niño, y la historia, gracias a Dios, llegó a su fin.

La moraleja de la historia, claro, debería ser: «Nunca vivas en un sitio donde los lobos anden sueltos», pero probablemente quien os leyese la historia os diría que la moraleja era que no había que mentir. Esa moraleja es absurda, porque tanto yo como vosotros sabemos que a veces no sólo es bueno mentir, sino que es necesario. Por ejemplo, era perfectamente apropiado que Sunny, después de que Violet saliese de la Habitación de los Reptiles, se arrastrase hasta la jaula que contenía la Víbora Increíblemente Mortal, la abriese y empezase a gritar con todas sus fuerzas, aunque en realidad no pasaba nada.

Hay otra historia con lobos de por medio que probablemente alguien os haya leído y que es igualmente absurda. Estoy hablando de Caperucita Roja, una chiquilla extremadamente desagradable que, como el chico que gritó «¡Lobo!», se emperró en entrar en un territorio de animales peligrosos. Recordaréis que el lobo, después de ser tratado de forma muy grosera por Caperucita Roja, se comió a la abuela de la chiquilla y se puso su ropa como disfraz. Éste es el aspecto más ridículo de la historia, porque uno pensaría que incluso una chica tan imbécil como la Caperucita Roja podría advertir en un segundo la diferencia entre su abuela y un lobo en camisón y con pantuflas. Si conoces a alguien muy bien, como a tu abuela o a tu hermana, sabes cuándo son de verdad o cuándo son falsas. Por eso, cuando Sunny empezó a gritar, Violet y Klaus supieron de inmediato que sus gritos eran fingidos.

—Esos gritos son fingidos —se dijo Klaus desde el otro extremo de la Habitación de los Reptiles.

—Esos gritos son fingidos —se dijo Violet, mientras subía las escaleras hacia su cuarto.

«¡Dios mío! ¡Está pasando algo terrible!», se dijo el señor Poe desde la cocina, donde estaba hablando por teléfono.

—Adiós —dijo, colgó y salió corriendo de la cocina para ver qué pasaba.

—¿Qué ocurre? —preguntó el señor Poe a Stephano y al doctor Lucafont, que habían acabado de descargar las maletas y estaban entrando en la casa—. He oído unos gritos procedentes de la Habitación de los Reptiles.

—Seguro que no es nada —dijo Stephano.

—Ya sabe cómo son los niños —dijo el doctor Lucafont.

—No podemos permitirnos otra tragedia —dijo el señor Poe, y corrió hacia la enorme puerta de la Habitación de los Reptiles gritando—: ¡Niños! ¡Niños!

—¡Aquí! —gritó Klaus—. ¡Dense prisa!

Su voz sonaba ronca y fuerte y cualquiera que no conociese a Klaus hubiera pensado que estaba muy asustado. Sin embargo, si *conocieseis* a Klaus, sabríais que cuando estaba muy asustado su voz sonaba tensa y chillona, como cuando descubrió el cuerpo de Tío Monty. Su voz se volvía ronca y fuerte cuando intentaba no reír. Es algo muy bueno que Klaus consiguiese no reír cuando el señor Poe, Stephano y el doctor Lucafont entraron en la Habitación de los Reptiles. De haberlo hecho, lo habría echado todo a perder.

Sunny estaba estirada en el suelo de mármol, sus bracitos y piernecitas moviéndose frenéticamente, como si estuviese intentando nadar. Fue la expresión de su rostro lo que hizo que Klaus sintiese ganas de reír. Sunny tenía la boca muy abierta, mostrando sus cuatro afilados dientes, y sus ojos parpadeaban a gran velocidad. Estaba intentando parecer asustada y, si no conocieseis a Sunny, habría parecido auténtico. Pero Klaus *conocía* a Sunny y sabía que cuando ella estaba muy asustada se quedaba muda y frunciendo el ceño, como cuando Stephano la había amenazado con cortarle un dedo del pie. Para todos excepto para Klaus, Sunny parecía aterrada, sobre todo teniendo en cuenta con quién estaba. Porque, enroscada al cuerpecito de Sunny, había una serpiente negra como una mina y gruesa como una cañería. Miraba a Sunny con sus brillantes ojos verdes y tenía la boca abierta como si estuviese a punto de morder a la niña.

—¡La Víbora Increíblemente Mortal! —gritó Klaus—. ¡La va a morder!

Y Sunny abrió todavía más la boca y los ojos para parecer más asustada. La boca del doctor Lucafont también se abrió, y Klaus vio que empezaba a decir algo pero era incapaz de encontrar las palabras. Stephano, a quien, evidentemente, no le podía importar menos la seguridad de Sunny, parecía sorprendido como mínimo. Pero al señor Poe le dominó el pánico.

Hay dos tipos básicos de pánico: quedarse quieto y no pronunciar palabra, o ir de aquí para allí diciendo lo primero que te viene a la cabeza. El señor Poe era de los segundos. Klaus y Sunny nunca habían visto al banquero moverse tan deprisa o hablar con una voz tan aguda.

−¡Dios mío! −gritó−. ¡Dios mío de mi vida! ¡Alá sea bendito! ¡Zeus y Hera! ¡María y José! ¡Nathaniel Hawthorne! ¡No la toquéis! ¡Cogedla! ¡Acercaos! ¡Huid! ¡No os mováis! ¡Matad a la serpiente! ¡Dejadla! ¡Dadle algo de comida! ¡No dejéis que la muerda! ¡Atraed a la serpiente! ¡Eh, serpiente! ¡Aquí, serpiente serpiente, eh!

La Víbora Increíblemente Mortal escuchaba pacientemente el discurso del señor Poe, sin apartar los ojos de Sunny y, cuando el señor Poe se detuvo para toser en su pañuelo, se echó hacia adelante y mordió a Sunny en el mentón, justo en el mismo sitio donde la había mordido cuando las dos amigas se habían conocido. Klaus intentó no reír, pero el doctor Lucafont jadeó, Stephano observaba, y el señor Poe volvió a empezar con los paseos y las frases inconexas.

—¡La está mordiendo! —gritó—. ¡La ha mordido! ¡La ha mordido! ¡Calma! ¡Moveos! ¡Llamad a una ambulancia! ¡Llamad a la policía! ¡Llamad a un científico! ¡Llamad a mi mujer! ¡Esto es terrible! ¡Esto es horrible! ¡Esto es fatal! ¡Esto es fantasmagórico! ¡Esto es...!

—No hay por qué preocuparse —interrumpió Stephano con tranquilidad.

—¿A qué te refieres con «no hay por qué preocuparse»? —le preguntó el señor Poe, incrédulo—. Sunny acaba de ser mordida por... ¿Cómo se llama la serpiente, Klaus?

—La Víbora Increíblemente Mortal —contestó Klaus rápidamente.

—¡La Víbora Increíblemente Mortal! —repitió el señor Poe, señalando a la serpiente que tenía la boca cerrada sobre el mentón de Sunny.

Sunny volvió a emitir otro falso grito de terror.

—¿Cómo puede decir que no hay nada de qué preocuparse? —insistió el señor Poe.

–Porque la Víbora Increíblemente Mortal es completamente inofensiva –dijo Stephano–. Cálmese, Poe. El nombre de la serpiente es una denominación equivocada que el doctor Montgomery inventó para divertirse.

–¿Estás seguro? –preguntó el señor Poe.

–Claro que estoy seguro –dijo Stephano.

Y Klaus reconoció una mirada en su rostro del tiempo en que vivía con el Conde Olaf. Era una mirada de absoluta vanidad, palabra que aquí significa «el Conde Olaf pensaba de sí mismo que era la persona más increíble que vivía en la faz de la tierra». Cuando los huérfanos Baudelaire estaban al cuidado de Olaf, a menudo se había comportado de esa manera, siempre contento de mostrar sus habilidades, ya fuese en escena con su atroz compañía de teatro o en la habitación de la torre urdiendo planes malvados. Stephano sonrió y siguió hablándole al señor Poe, deseoso de exhibirse:

–La serpiente es completamente inofensiva, incluso amistosa. He leído cosas sobre la Víbora Increíblemente Mortal y otras muchas serpientes en la biblioteca de la Habitación de los Reptiles y en los documentos privados del doctor Montgomery.

El doctor Lucafont se aclaró la garganta.

–Uh, jefe –dijo.

–No me interrumpa, doctor Lucafont –dijo Stephano–. He estudiado libros acerca de todas las especies principales. He mirado detenidamente croquis y esquemas. He tomado notas y las he revisado detenidamente cada noche antes de acostarme. Si puedo decirlo, me considero bastante experto en lo que a serpientes se refiere.

–¡Ajá! –gritó Sunny, desembarazándose de la Víbora Increíblemente Mortal.

–¡Sunny! ¡Estás sana y salva! –gritó el señor Poe.

–¡Ajá! –volvió a gritar Sunny, señalando a Stephano.

La Víbora Increíblemente Mortal parpadeó con sus ojos verdes de modo triunfal.

El señor Poe, perplejo, miró a Klaus:

–¿Qué quiere decir tu hermana con «ajá»? –preguntó.

Klaus suspiró. A veces sentía que se había pasado media vida explicándole cosas al señor Poe.

—Lo que quiere decir con «ajá» —respondió— es «en un momento Stephano dice que no sabe nada de serpientes y al siguiente dice que es un experto». Con «ajá» quiere decir «Stephano nos ha estado mintiendo». Con «ajá» quiere decir «¡finalmente hemos demostrado su falta de honradez!». Con «ajá» quiere decir «*¡ajá!*».

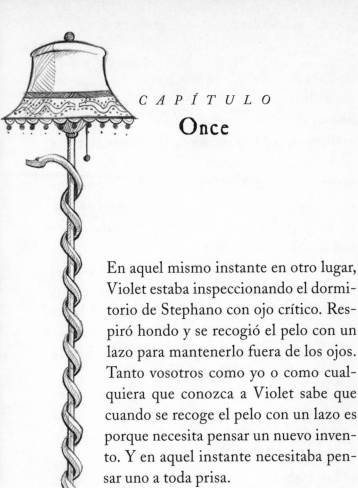

En aquel mismo instante en otro lugar,
Violet estaba inspeccionando el dormitorio de Stephano con ojo crítico. Respiró hondo y se recogió el pelo con un
lazo para mantenerlo fuera de los ojos.
Tanto vosotros como yo o como cualquiera que conozca a Violet sabe que
cuando se recoge el pelo con un lazo es
porque necesita pensar un nuevo invento. Y en aquel instante necesitaba pensar uno a toda prisa.

Violet, cuando su hermano comentó que
Stephano les había ordenado meter su
maleta dentro de la casa, se había

dado cuenta de que la prueba que buscaba estaba sin lugar a dudas en aquella maleta. Y ahora, mientras sus hermanos distraían a los adultos en la Habitación de los Reptiles, tenía una oportunidad única de abrir la maleta y obtener pruebas del malvado complot de Stephano. Pero su hombro dolorido le advertía que no iba a poder abrir fácilmente la maleta, que tenía una cerradura tan brillante como los malvados ojos de Stephano. Confieso que, si yo estuviera en la piel de Violet, con sólo unos pocos minutos para abrir una maleta, en lugar de estar escribiendo esto en la cubierta del yate de mi amiga Bela, probablemente habría perdido toda esperanza. Habría caído de rodillas en el dormitorio y habría golpeado con mis puños la alfombra, preguntándome por qué diablos la vida era tan injusta y estaba tan llena de dificultades.

Sin embargo, por suerte para los Baudelaire, Violet estaba hecha de un material más fuerte que yo y paseó su mirada por el dormitorio en busca de algo que le pudiese servir de ayuda.

No había demasiado en lo que a materiales para inventos se refiere. Violet hubiera deseado disponer de un cuarto ideal para inventar cosas, lleno de cables y herramientas y con todo el equipo necesario para inventar aparatos de primerísima categoría. De hecho Tío Monty poseía la mayoría del equipo, pero Violet recordó que se encontraba en la Habitación de los Reptiles. Miró las hojas de papel enganchadas en las paredes, donde había querido esbozar inventos desde que vivía en casa de Tío Monty. Los problemas habían empezado tan pronto que Violet sólo tenía unos pocos garabatos en una de las hojas, que había escrito a la luz de una lámpara de pie su primera noche allí. La mirada de Violet se dirigió a la lámpara al recordar aquella noche, y cuando llegó al enchufe tuvo una idea.

Todos sabemos, claro está, que nunca, jamás,

jamás, jamás, jamás, jamás, jamás, jamás, ja-
más, jamás, jamás, jamás, jamás, jamás, jamás,
jamás, jamás, jamás, jamás, jamás, jamás, ja-
más, jamás, jamás, jamás, jamás, jamás, jamás,
jamás, jamás, jamás, jamás, jamás, jamás, ja-
más, jamás, jamás, jamás, jamás, jamás, jamás,
jamás, jamás, jamás, jamás, jamás, jamás, ja-
más, jamás, jamás, jamás, jamás, jamás, jamás,
jamás, jamás, jamás, jamás, jamás, jamás, ja-
más, jamás, jamás, jamás, jamás, jamás, jamás,
jamás, jamás, jamás, jamás, jamás, jamás, ja-
más, jamás, jamás, jamás, jamás, jamás, jamás,
jamás, jamás, jamás, jamás, jamás, jamás, ja-
más, jamás, jamás, jamás, jamás, jamás, jamás,
jamás, jamás, jamás, jamás, jamás, jamás, ja-
más, jamás, jamás, jamás, jamás, jamás, jamás,
jamás, jamás, jamás, jamás, jamás, jamás, ja-
más, jamás, jamás, jamás, jamás, jamás, jamás,
jamás, jamás, jamás, jamás, jamás, jamás, ja-
más, jamás, jamás, jamás, jamás, jamás, jamás,
jamás, jamás, jamás, jamás, jamás, jamás, ja-
más, jamás, jamás, jamás, jamás, jamás, jamás,
jamás, jamás, jamás, jamás, jamás, jamás, ja-

más, jamás, *jamás* debemos tocar los aparatos eléctricos. *Nunca.* Hay dos razones para ello. Una es que te puedes electrocutar, lo cual no sólo es mortal sino muy desagradable, y la otra es que no somos Violet Baudelaire, una de las pocas personas del mundo que sabe manejar tales cosas. E incluso Violet iba con mucho cuidado y estaba nerviosa al desenchufar la lámpara y mirar detenidamente el enchufe. Quizás funcionaría.

Esperando que Klaus y Sunny siguiesen distrayendo a los adultos, Violet movió las dos clavijas del enchufe hasta que se separaron de la caja de plástico. Ahora tenía dos pequeñas láminas de metal. Quitó una de las chinchetas que sujetaban las hojas a la pared, y dejó que se doblase suavemente. Con la parte puntiaguda de la chincheta removió y manipuló las dos láminas, hasta que una estuvo enganchada a la otra, y entonces colocó la chincheta entre las dos láminas, de forma que la parte puntiaguda saliera hacia fuera. El resultado tenía el aspecto de una pieza de metal en la que no te fijarías si estuviese tirada en la calle, pero, en realidad, lo que Violet había construido era una burda −la palabra «burda» significa aquí «hecho toscamente en el último minuto» y no «grosera o desconsiderada»− ganzúa. Las ganzúas, como probablemente sabréis, son aparatos que funcionan como si de llaves se tratase, y son utilizadas en general por los malos para robar en casas o escapar de la cárcel, pero aquel era uno de los raros momentos en que una ganzúa estaba siendo utilizada por los buenos: Violet Baudelaire.

Violet bajó en silencio las escaleras con la ganzúa en una mano y los dedos cruzados en la otra. Pasó de puntillas por delante de la enorme puerta de la Habitación de los Reptiles y salió fuera, esperando que no se percataran de su ausencia. La mayor Baudelaire, desviando deliberadamente la mirada del doche del doctor Lucafont para evitar ver el cuerpo de Tío Monty, se acercó al montón de maletas. Primero miró en las viejas, pertenecientes a los Baudelaire. Aquellas maletas contenían, recordaba, mucha ropa fea y áspera que el señor Poe les había comprado poco después de la muerte de sus padres. Por unos instantes, Violet, mirando las maletas, se encontró recordando lo fácil que había sido su vida antes de que llegasen todos aquellos problemas y lo sorprendente que era encontrarse en aquellos momentos en unas circunstancias tan desgraciadas. Esto quizás no nos sorprenda a nosotros, porque sabemos lo desastrosas que son las vidas de los huérfanos Baudelaire, pero a Violet siempre le sorprendía su desgracia, y tardó un minuto en sacarse de la cabeza los pensamientos sobre su situación y concentrarse en lo que tenía que hacer.

Se arrodilló para tener más cerca la maleta de Stephano, sostuvo en una mano el brillante candado plateado, respiró hondo y metió la ganzúa en el ojo de la cerradura. Entró pero, al intentar darle la vuelta, casi no se movió, sólo rascó un poco el interior de la cerradura. Tenía que moverse con más suavidad o nunca funcionaría. Violet sacó la ganzúa y se la metió en la boca para humedecerla, haciendo una mueca por el mal gusto del metal. Volvió a meter la ganzúa en la cerradura e intentó moverla. Se movió ligeramente y volvió a trabarse.

Violet sacó la ganzúa, volvió a recogerse el pelo con el lazo y se concentró todo lo que pudo. Sin embargo, al apartarse el cabello de los ojos, sintió un repentino hormigueo en la piel. Era desagradable y familiar. Era la sensación de estar siendo observada. Miró rápidamente hacia atrás, pero sólo vio los setos con formas de serpientes. Miró a un lado y sólo vio la carretera que daba al Camino Piojoso. Pero entonces miró hacia adelante, a través de las paredes de cristal de la Habitación de los Reptiles.

Nunca se le había ocurrido que las personas podían mirar con la misma facilidad desde dentro de la Habitación de los Reptiles que desde fuera, pero Violet, al levantar la mirada, pudo ver entre las jaulas la silueta del señor Poe, que caminaba nervioso de un lado a otro. Vosotros y yo sabemos, claro, que el pánico se había apoderado del señor Poe por lo de Sunny y la Víbora Increíblemente Mortal, pero todo lo que Violet sabía era que, fuese cual fuese la distracción que sus hermanos habían inventado, seguía funcionando. Sin embargo, aquello no explicaba el hormigueo, pero, al mirar con un poco más de atención a la derecha del señor Poe, vio que Stephano la estaba mirando directamente a los ojos.

Quedó boquiabierta por la sorpresa y el pánico. Sabía que en cualquier momento Stephano inventaría una excusa para salir de la Habitación de los Reptiles y venir en su busca, y ella ni siquiera había abierto la maleta. Deprisa, deprisa, deprisa, tenía que encontrar alguna forma de que su ganzúa funcionase. Bajó la mirada a la grava mojada del camino y la levantó al débil sol amarillento de la tarde. Se miró las manos llenas de polvo y precisamente entonces se le ocurrió algo.

Violet se puso de pie, regresó corriendo a la casa, como si Stephano ya estuviese tras ella, y entró a toda prisa en la cocina. Tirando una silla al suelo con las prisas, cogió una pastilla de jabón del fregadero mojado. Pasó la substancia resbaladiza por la ganzúa, hasta que todo el invento estuvo cubierto de una capa delgada y resbaladiza. Con el corazón saliéndosele del pecho, salió corriendo y echó una rápida mirada a las paredes de la Habitación de los Reptiles. Stephano le estaba diciendo algo al señor Poe —estaba alardeando de sus conocimientos acerca de las serpientes, pero Violet no tenía forma alguna de saberlo— y Violet aprovechó ese instante para arrodillarse y volver a introducir la ganzúa en el ojo de la cerradura. La pudo girar completamente y entonces se partió por la mitad. Hubo un débil ruidito cuando una parte cayó al suelo, mientras la otra quedaba prendida del ojo de la cerradura, como un diente mellado. Su ganzúa estaba rota.

Violet, desesperada, cerró los ojos un instante,

y luego se puso en pie, apoyándose en la maleta para recuperar el equilibrio. Sin embargo, al poner la mano encima de la maleta, el candado saltó y la maleta se abrió, dejando caer todo su contenido al suelo. Violet, sorprendida, volvió a arrodillarse. Al girar la ganzúa, había abierto de alguna forma la cerradura. A veces, incluso en las vidas más desafortunadas, hay uno o dos momentos de fortuna.

Es muy difícil, nos lo han dicho los expertos, encontrar una aguja en un pajar, razón por la cual «una aguja en un pajar» se ha convertido en una frase bastante utilizada que significa «algo difícil de encontrar». La razón por la que es difícil encontrar una aguja en un pajar, claro, es que, de todas las cosas de un pajar, la aguja sólo es una. Sin embargo, si estuvieseis buscando *cualquier cosa* en un pajar, no sería nada difícil, porque, una vez hubierais empezado a buscar por el pajar, seguro que encontraríais algo: paja, claro está, pero también suciedad, gusanos, unas herramientas de labranza y quizás incluso un hombre que se había escapado de la cárcel y estaba allí escondido. Cuando Violet buscó entre el contenido de la maleta de Stephano, era más parecido a buscar *cualquier cosa* en un pajar, porque no sabía exactamente qué quería encontrar. Por consiguiente, resultaba bastante fácil encontrar cosas que podían servir como pruebas: un frasquito de cristal cerrado con un tapón de goma, como el que uno podría encontrar en un laboratorio; una jeringa con una afilada aguja, como la que utiliza el doctor para ponerte inyecciones; un fajo de papeles; un carnet plastificado, una borla y un pequeño espejo de bolsillo.

A pesar de saber que sólo disponía de pocos segundos, Violet separó estas cosas de la ropa apestosa y de la botella de vino que también estaban en la maleta, y miró todas sus pruebas con detenimiento, concentrándose en cada una como si fuesen pequeñas partes con las que iba a construir una máquina. Y, en cierto modo, lo eran. Violet Baudelaire necesitaba ordenar aquellas pruebas para hacer fracasar el malvado plan de Stephano, y llevar paz y justicia a las vidas de los huérfanos Baudelaire por primera vez desde que sus padres habían fallecido en un terrible incendio. Violet observó cada prueba, concentrándose mucho, y al cabo de poco rato se le iluminó el rostro, como siempre ocurría cuando todas las piezas de algo encajaban a la perfección y la máquina funcionaba correctamente.

Os prometo que ésta será la última vez que utilice la frase «En aquel mismo instante en otro lugar», pero es que no se me ocurre otra forma de regresar al momento en que Klaus le acababa de explicar al señor Poe lo que había querido decir Sunny al gritar «¡ajá!», y ahora todos en la Habitación de los Reptiles estaban mirando a Stephano. Sunny tenía un aspecto triunfante. Klaus tenía un aspecto desafiante. El señor Poe parecía

furioso. El doctor Lucafont parecía preocupado. No se podría decir qué aspecto tenía la Víbora Increíblemente Mortal, porque las expresiones faciales de las serpientes son difíciles de interpretar. Stephano los miró en silencio a todos, el rostro conmocionado al intentar decidir si iba a desembuchar, palabra que aquí significa «admitir que realmente es el Conde Olaf y no tiene buenas intenciones», o perpetuar su engaño, frase que aquí significa «mentir, mentir y mentir».

—Stephano —dijo el señor Poe, y tosió en su pañuelo. Klaus y Sunny esperaban impacientes que siguiera hablando—. Stephano, explíquese. Acaba de decirnos que es un experto en serpientes. Sin embargo, antes nos dijo que no sabía nada de serpientes y que por consiguiente no podía estar involucrado en la muerte del doctor Montgomery. ¿Qué está pasando?

—Cuando dije que no sabía nada de serpientes —dijo Stephano— lo hice por modestia. Ahora, si me perdonan, tengo que salir un momento y...

—¡No estaba siendo modesto! —gritó Klaus—. ¡Estaba *mintiendo*! ¡Y ahora también está mintiendo! ¡No es más que un mentiroso y un asesino!

Stephano abrió los ojos como platos y su rostro se llenó de ira.

—No tienes ninguna prueba de eso —dijo.

—Sí las tenemos —dijo una voz en la entrada, y todo el mundo se dio la vuelta para ver a Violet, allí de pie, con una sonrisa en la cara y pruebas en los brazos.

Cruzó triunfante la Habitación de los Reptiles hasta el extremo más alejado, donde seguían apilados los libros que Klaus había estado leyendo sobre la Mamba du Mal. Los otros la siguieron por entre las hileras de reptiles. En silencio, Violet alineó los objetos encima de una mesa: el frasquito de cristal cerrado con un tapón de goma, la jeringa con la afilada aguja, el fajo de papeles doblados, un carnet plastificado, la borla y el pequeño espejo de bolsillo.

—¿Qué es todo esto? —preguntó el señor Poe señalando los objetos.

—Esto —dijo Violet— son las pruebas que he encontrado en la maleta de Stephano.

—Mi maleta —dijo Stephano— es propiedad privada y no tienes permiso para tocarla. Es muy grosero por tu parte y, además, estaba cerrada con llave.

—Ha sido una emergencia —dijo Violet tranquilamente— y he forzado la cerradura.

—¿Cómo lo has hecho? —preguntó el señor Poe—. Las niñas buenas no deberían saber cómo hacer esas cosas.

—Mi hermana *es* una niña buena —dijo Klaus— y sabe hacer toda clase de cosas.

—¡Rufik! —asintió Sunny.

—Bueno, eso lo discutiremos más tarde —dijo el señor Poe—. Mientras tanto, prosigue, por favor.

—Cuando Tío Monty murió —empezó Violet—, mis hermanos y yo estábamos muy tristes, pero también teníamos muchas sospechas.

—¡No teníamos muchas sospechas! —exclamó Klaus—. ¡Si alguien tiene sospechas quiere decir que no está seguro! ¡Nosotros teníamos *clarísimo* que Stephano le había matado!

—¡Tonterías! —dijo el doctor Lucafont—. Como

os he explicado a todos, la muerte de Montgomery Montgomery ha sido un accidente. La Mamba du Mal escapó de su jaula y le mordió, y eso es todo.

—Perdóneme —dijo Violet—, pero eso *no* es todo. Klaus ha leído un libro sobre la Mamba du Mal y se ha enterado de cómo mata ésta a sus víctimas.

Klaus se dirigió al montón de libros y abrió el que estaba encima. Había dejado un papelito en la página adecuada, y encontró inmediatamente lo que estaba buscando:

—«La Mamba du Mal —leyó en voz alta— es una de las serpientes más mortales del hemisferio, conocida por la estrangulación de sus víctimas, lo cual, en conjunción con su veneno, les da a todas ellas un tono tenebroso, horrible de contemplar». —Dejó el libro y se dirigió al señor Poe—. «Estrangulación» significa...

—¡*Sabemos* lo que significan todas las palabras! —gritó Stephano.

—Entonces debe saber —dijo Klaus— que la Mamba du Mal no mató a Tío Monty. Su cuerpo no tenía un tono tenebroso. Y más pálido imposible.

—Eso es cierto —dijo el señor Poe—, pero no demuestra necesariamente que el doctor Montgomery fuese asesinado.

—Sí —dijo el doctor Lucafont—. Quizás, por una vez, a la serpiente no le apetecía llenar a su víctima de cardenales.

—Es más probable —dijo Violet— que Tío Monty fuese asesinado con estos objetos. —Mostró el frasquito de cristal cerrado con el tapón de goma—. En la etiqueta de este frasquito pone «Veneno du Mal» y está claro que forma parte de la vitrina de muestras de venenos de Tío Monty. —Mostró la jeringa con la aguja afilada—. Stephano Olaf utilizó esta jeringa e inyectó el veneno a Tío Monty. Después hizo otro agujero para que pareciese que la serpiente le había mordido.

—Pero yo quería al doctor Montgomery —dijo Stephano—. Su muerte no me habría beneficiado en lo más mínimo.

Algunas veces, cuando alguien dice una mentira tan ridícula como ésta, es preferible hacerle caso omiso.

—Cuando yo tenga dieciocho años heredaré, como todos sabemos —prosiguió Violet ignorando por completo a Stephano—, la fortuna Baudelaire, y Stephano intentaba hacerse con esta fortuna. Y eso iba a resultar más fácil si estábamos en un lugar más difícil de rastrear, como Perú. —Violet mostró el fajo de papeles doblados—. Son billetes para el Próspero, que zarpa del Puerto Brumoso en dirección a Perú hoy a las cinco en punto. Allí era donde Stephano nos estaba llevando cuando chocamos contra usted, señor Poe.

—Pero Tío Monty rompió el billete de Stephano para ir a Perú —dijo Klaus confundido—. Yo lo vi.

—Es cierto —dijo Violet—. Por eso tuvo que sacarse de encima a Tío Monty. Mató a Tío Monty —Violet se detuvo un instante y se estremeció—. Mató a Tío Monty y le cogió este carnet plastificado. Es el carnet de miembro de la Sociedad Herpetóloga. Stephano tenía planeado hacerse pasar por Tío Monty y embarcarse en el Próspero y llevarnos muy lejos, a Perú.

—Pero hay algo que no entiendo —dijo el señor Poe—. ¿Cómo se enteró Stephano de lo de vuestra fortuna?

—Porque en realidad es el Conde Olaf —dijo Violet, irritada por tener que explicar lo que ella, sus hermanos, vosotros y yo sabíamos desde el primer momento en que Stephano pisó aquella casa—. Puede haberse rapado la cabeza y quitado las cejas, pero la única forma de deshacerse del tatuaje de su tobillo izquierdo fue utilizando esta borla y este espejo de bolsillo. Tiene el tobillo cubierto de maquillaje para ocultar el ojo, y estoy segura de que, si frotamos esa zona con un trapo, podremos ver el tatuaje.

—¡Eso es absurdo! —gritó Stephano.

—Ya lo veremos —contestó el señor Poe—. Bien, ¿quién tiene un trapo?

—Yo no —dijo Klaus.

—Ni yo —dijo Violet.

—¡Guweel! —dijo Sunny.

—Bueno, si nadie tiene un trapo, quizá debamos olvidar todo esto —dijo el doctor Lucafont.

Pero el señor Poe alzó un dedo para decirle que esperase. Para la tranquilidad de los huérfanos Baudelaire, se metió la mano en el bolsillo y sacó su pañuelo.

—Su tobillo izquierdo, por favor —le dijo a Stephano con dureza.

—¡Pero usted ha estado tosiendo ahí todo el día! —dijo Stephano—. ¡Tiene gérmenes!

—Si realmente es quien los niños dicen que es —dijo el señor Poe—, los gérmenes son el menor de sus problemas. Su tobillo izquierdo, por favor.

Stephano —y ésta es la última vez, gracias a Dios, que tendremos que darle ese nombre falso— gruñó levemente y se subió el pantalón, para dejar al descubierto su tobillo izquierdo. El señor Poe se puso de rodillas y lo frotó unos instantes. Primero no pareció ocurrir nada, pero luego, como el sol que aparece entre las nubes tras una terrible tormenta, empezó a aparecer el leve trazado de un ojo. Se hizo más y más visible, hasta que fue tan oscuro como lo había sido la primera vez que los huérfanos lo vieron cuando vivían con el Conde Olaf.

Violet, Klaus y Sunny se quedaron mirando el ojo, y el ojo les devolvió la mirada. Por primera vez en sus vidas, los huérfanos Baudelaire estaban contentos de verlo.

Trece

Si éste fuese un libro escrito para entretener a niños pequeños, sabríais lo que iba a ocurrir a continuación. Una vez descubiertos la identidad del villano y sus maléficos planes, llegaba la policía y le metía entre rejas para el resto de su vida, y los jóvenes valientes se iban a comer una pizza y vivían felices por siempre jamás. Pero este libro trata de los huérfanos Baudelaire, y vosotros y yo sabemos que es tan poco probable que estos desgraciados niños vivan felices por siempre jamás como que

Tío Monty regrese al mundo de los vivos. Mas a los huérfanos Baudelaire les pareció, ante la evidencia del tatuaje, que al menos un poquito de Tío Monty había vuelto a ellos, al haber demostrado de una vez por todas la traición del Conde Olaf.

—Ahí está el ojo, es cierto —dijo el señor Poe y dejó de frotar el tobillo del Conde Olaf—. Está claro que usted es el Conde Olaf y está claro que queda detenido.

—Y está claro que yo estoy tremendamente sorprendido —dijo el doctor Lucafont, llevándose a la cabeza aquellas manos extrañamente rígidas.

—Como yo —asintió el señor Poe, y agarró al Conde Olaf del brazo para evitar que intentase escapar—. Violet, Klaus, Sunny, perdonadme por no haberos creído antes. Me parecía demasiado inverosímil que él hubiese dado con vosotros, se hubiese disfrazado de ayudante de laboratorio y hubiese tramado un elaborado plan para robar vuestra fortuna.

—Yo me pregunto qué le pasó a Gustav, el *verdadero* ayudante de laboratorio de Tío Monty —se interrogó Klaus en voz alta—. Si Gustav no hubiese dimitido, Tío Monty nunca habría contratado al Conde Olaf.

El Conde Olaf había permanecido en silencio todo el tiempo, desde que había aparecido el tatuaje. Sus brillantes ojos habían mirado de un lado a otro, observando cuidadosamente a todo el mundo, como observaría el león una manada de antílopes, buscando el más apropiado para matarlo y comérselo. Pero, al oír el nombre de Gustav, habló.

—Gustav no dimitió —dijo con voz sibilante—. ¡Gustav está *muerto*! Un día estaba recogiendo flores silvestres y le ahogué en el Pantano Oscuro. Después falsifiqué una nota donde decía que dimitía. —El Conde Olaf miró a los tres niños como si fuese a precipitarse sobre ellos y estrangularlos, pero se quedó completamente quieto, lo cual, de algún modo, daba incluso más miedo—. Pero eso no es nada comparado con lo que os voy a hacer a vosotros, huérfanos. Habéis ganado esta parte del juego, pero no importa, yo volveré a por vuestra fortuna y vuestra preciosa piel.

—Esto no es un juego, hombre horrible —dijo el señor Poe—. El dominó es un juego. El waterpolo es un juego. El asesinato es un crimen y usted va a pagar por ello en la cárcel. Ahora mismo voy a llevarlo a la comisaría de la ciudad. Oh, maldición, no puedo. Mi coche está destrozado. Bueno, pues le llevaré en el jeep del doctor Montgomery, y vosotros, niños, nos podéis seguir en el coche del doctor Lucafont. Supongo que, después de todo, podréis ver el interior del automóvil de un médico.

—Quizá sería más fácil —dijo el doctor Lucafont— meter a Stephano en mi coche, y que los niños nos sigan. El cuerpo del doctor Montgomery está en mi coche, así que, de todas formas, no hay sitio para los tres niños.

—Bueno —dijo el señor Poe—, odio decepcionar a los niños después de los momentos difíciles que han vivido. Podemos colocar el cuerpo del doctor Montgomery en el jeep y...

—No nos podría importar menos el interior del coche de un médico —dijo Violet impaciente—. Sólo lo dijimos para no acabar solos en un coche con el Conde Olaf.

—Huérfanos, no deberíais decir mentiras —observó el Conde Olaf.

—Olaf, no creo que esté en situación de dar lecciones de moral a los niños —dijo el señor Poe con dureza—. De acuerdo, doctor Lucafont, usted lo lleva.

El doctor Lucafont agarró al Conde Olaf por el hombro con una de sus manos extrañamente rígidas, salió de la Habitación de los Reptiles y se encaminó hacia la puerta principal, deteniéndose allí para dirigirle al señor Poe y a los tres niños una débil sonrisa.

—Diga adiós a los huérfanos, Conde Olaf —dijo el doctor Lucafont.

—Adiós —dijo el Conde Olaf.

—Adiós —dijo Violet.

—Adiós —dijo Klaus.

El señor Poe tosió en su pañuelo e hizo una especie de señal, de mala gana, para decirle adiós al Conde Olaf. Pero Sunny no dijo nada. Violet y Klaus la miraron, sorprendidos de que no hubiese dicho «¡Yit!» o «¡Libo!» o cualquiera de sus palabras que significaban «adiós». Pero Sunny miraba al doctor Lucafont con insistencia, y en un segundo había cruzado el aire y le había mordido la mano.

—¡Sunny! —dijo Violet, y estaba a punto de disculparse por el comportamiento de su hermana cuando vio que la mano del doctor Lucafont se separaba de su brazo y caía al suelo.

Cuando Sunny se agarró a ella con sus cuatro afilados dientes, la mano dio un crujido como el de la madera o el plástico que se rompe y no el de la piel y los huesos. Y Violet, mirando el lugar donde debía estar la mano del doctor Lucafont, no vio sangre ni ninguna herida, sino un brillante garfio de metal. El doctor Lucafont miró también el garfio, miró a Violet y soltó una horrible risotada. El Conde Olaf también se echó a reír, y en un segundo los dos habían cruzado rápidamente la puerta.

—¡El hombre de las manos de garfio! —gritó Violet—. ¡No es un médico! ¡Es uno de los secuaces del Conde Olaf!

Violet empezó instintivamente a manotear en el lugar donde habían estado los dos hombres, pero evidentemente no estaban allí. Abrió la puerta principal y los vio correr entre los setos con formas de serpientes.

—¡A por ellos! —gritó Klaus.

Y los tres Baudelaire empezaron a correr. Pero el señor Poe se les puso delante y les impidió el paso.

—¡No! —gritó.

—¡Pero es el hombre manos de garfio! —gritó Violet—. ¡Él y Olaf van a escapar!

—No puedo dejaros correr tras dos peligrosos criminales —contestó el señor Poe—. Chicos, soy responsable de vuestra seguridad y no permitiré que sufráis el menor daño.

—¡Entonces sígalos usted! —gritó Klaus—. ¡Pero dese prisa!

El señor Poe fue a cruzar la puerta, mas se detuvo al oír el rugido del motor de un coche al arrancar. Los dos rufianes —palabra que aquí significa «personas horribles»— habían llegado al coche del doctor Lucafont y ya se alejaban.

—¡Métase en el jeep! —exclamó Violet—. ¡Sígalos!

—Un hombre adulto —dijo el señor Poe con severidad— no participa en una persecución de coches. Es trabajo para la policía. Voy a llamarles y quizás puedan instalar controles.

Los jóvenes Baudelaire vieron que el señor Poe

cerraba la puerta y corría hasta el teléfono, y se les cayó el alma a los pies. Sabían que no serviría para nada. Cuando el señor Poe consiguió explicar la situación a la policía, el Conde Olaf y el hombre manos de garfio debían de estar ya muy lejos. Violet, Klaus y Sunny, repentinamente exhaustos, caminaron hasta la gran escalera de Tío Monty y se sentaron en el primer peldaño, mientras escuchaban el débil sonido del señor Poe hablando por teléfono. Sabían que intentar encontrar al Conde Olaf y al hombre manos de garfio, especiamente cuando había caído la noche, era como intentar encontrar una aguja en un pajar.

Los tres huérfanos, a pesar de su preocupación porque el Conde Olaf había conseguido escapar, se debieron de quedar dormidos un par de horas, porque lo siguiente que recuerdan es que se había hecho de noche y seguían al pie de las escaleras. Alguien les había puesto una manta por encima y, mientras se desperezaban, vieron que tres hombres vestidos con monos salían de la Habitación de los Reptiles con las jaulas de algunos de los animales. Detrás iba un hombre regordete con un traje a cuadros de colores chillones, que se detuvo al ver que los niños se habían despertado.

—Hola, chicos —dijo el hombre regordete en voz alta y resonante—. Perdonadme si os he despertado, pero mi equipo tiene que actuar con rapidez.

—¿Quién es usted? —preguntó Violet.

Quedarte dormido cuando es de día y despertarte cuando ha caído la noche te deja muy confundido.

—¿Qué está haciendo con los reptiles de Tío Monty? —preguntó Klaus.

También te deja muy confundido darte cuenta de que has estado durmiendo en una escalera y no en una cama o un saco de dormir.

—¿Dixnik? —preguntó Sunny.

Siempre te dejan muy confundido las razones por las que alguien se pone un traje a cuadros.

—Me llamo Bruce —dijo Bruce—. Soy el director de marketing de la Sociedad Herpetológica. Vuestro amigo el señor Poe me ha llamado para que venga a recoger las serpientes ahora que el doctor Montgomery ha fallecido. «Recoger» significa «llevarme».

—*Sabemos* lo que significa la palabra «recoger» —dijo Klaus—, pero ¿por qué se las lleva? ¿Dónde van?

—Bueno, vosotros sois tres huérfanos, ¿verdad? Iréis a casa de algún otro pariente que no se os muera como Montgomery. Y estas serpientes necesitan cuidados, así que se las vamos a dar a otros científicos, a zoos y a hogares de jubilados. A las que no les podamos encontrar un nuevo hogar, las pondremos a dormir.

—¡Pero es la colección de Tío Monty! —gritó Klaus—. ¡Le llevó años encontrar todos estos reptiles! ¡No puede simplemente repartirlos a diestro y siniestro!

—Tiene que ser así —dijo Bruce sin alterarse.

Seguía hablando en voz alta, casi gritando, sin razón aparente.

—¡Víbora! —gritó Sunny, y empezó a gatear hacia la Habitación de los Reptiles.

—Lo que mi hermana quiere decir —explicó Violet— es que es muy amiga de una de las serpientes. ¿Podríamos quedarnos sólo una, la Víbora Increíblemente Mortal?

—Por supuesto que *no* —dijo Bruce—. Porque, primero: un tal Poe nos ha dicho que ahora las serpientes nos pertenecen. Y segundo: si pensáis que voy a dejar a unos niños cerca de una Víbora Increíblemente Mortal, estáis muy equivocados.

—Pero la Víbora Increíblemente Mortal es inofensiva —dijo Violet—. Su nombre es inapropiado.

Bruce se rascó la cabeza.

—¿Qué?

—Eso significa que es un «nombre equivocado» —explicó Klaus—. Tío Monty la descubrió y podía ponerle el nombre que quisiese.

—Pero se supone que ese hombre era brillante —dijo Bruce. Metió la mano en la americana a cuadros y sacó un puro—. Darle un nombre equivocado a una serpiente no me parece nada brillante. Me parece estúpido. Pero, de hecho, ¿qué puedes esperar de alguien que se llama Montgomery Montgomery?

—No está bien —dijo Klaus— pasquinar así el nombre de alguien.

—No tengo tiempo para preguntarte qué significa «pasquinar». Pero si el bebé quiere despedirse de la Víbora Increíblemente Mortal, será mejor que se dé prisa. La víbora ya está fuera.

Sunny empezó a gatear hacia la puerta principal, pero Klaus no había acabado de hablar con Bruce.

—Nuestro tío Monty *era* brillante —dijo con firmeza.

—Era un hombre brillante —asintió Violet— y siempre le recordaremos como tal.

—¡Brillante! —gritó Sunny mientras gateaba.

Y sus hermanos la miraron y sonrieron, sorprendidos de que hubiese pronunciado una palabra que todo el mundo podía comprender.

Bruce encendió su puro, soltó una bocanada de humo y se encogió de hombros.

—Es hermoso que lo sientas así, chico —dijo—. Ojalá tengáis buena suerte allí donde os lleven.

Miró el brillante reloj de diamantes que llevaba en la muñeca y se dio la vuelta para hablar con los hombres que iban vestidos con monos.

—Démonos prisa. Dentro de cinco minutos tenemos que estar de regreso en la carretera que huele a jengibre.

—Es *rábano picante* —le corrigió Violet.

Pero Bruce ya se había ido. Violet y Klaus se miraron, y empezaron a seguir a Sunny hacia el exterior, para despedirse de sus amigos reptiles. Pero, al llegar a la puerta, entró el señor Poe y volvió a bloquearles la salida.

—Veo que os habéis despertado —dijo—. Por favor, subid a vuestras habitaciones y poneos a dormir. Mañana tenemos que levantarnos muy pronto.

—Sólo queremos despedirnos de las serpientes —dijo Klaus.

Pero el señor Poe negó con la cabeza.

—Entorpeceréis el trabajo de Bruce —contestó—. Además, pensaba que ninguno de los tres querríais volver a ver una serpiente en la vida.

Los huérfanos Baudelaire se miraron y suspiraron. Todo en el mundo parecía estar mal. Estaba mal que Tío Monty estuviese muerto. Estaba mal que el Conde Olaf y el hombre manos de garfio hubiesen escapado. Estaba mal que Bruce pensase en Monty como en una persona que llevaba un nombre ridículo, y no como en un brillante científico. Y estaba mal asumir que los niños nunca querrían volver a ver una serpiente. Las serpientes y, de hecho, todo lo de la Habitación de los Reptiles, eran los últimos recuerdos que tenían los Baudelaire de los pocos días felices que habían vivido en aquella casa, los pocos días felices que habían vivido desde la muerte de sus padres. A pesar de que comprendían que el señor Poe no les permitiese vivir solos con los reptiles, estaba muy mal que no pudiesen volver a verlos jamás, y ni tan siquiera despedirse.

Violet, Klaus y Sunny, desoyendo las instrucciones del señor Poe, corrieron al exterior, donde los hombres vestidos con monos estaban cargando las jaulas en una furgoneta que llevaba escrito «Sociedad Herpetológica» en la parte trasera. Era luna llena y la luz de la luna se reflejaba en las paredes de cristal de la Habitación de los Reptiles, como si fuese una joya enorme y muy, muy resplandeciente, *brillante*, podríamos decir. Cuando Bruce había utilizado la palabra «brillante», refiriéndose a Tío Monty, quería decir «tener una reputación por su ingenio o inteligencia». Pero cuando los niños utilizaron la palabra

—y cuando pensaron en ella al ver la Habitación de los Reptiles brillando a la luz de la luna—, quería decir más que eso. Quería decir que, incluso en las desoladoras circunstancias de su situación actual, a pesar de la serie de sucesos desafortunados que les ocurrirían el resto de sus vidas, Tío Monty y su bondad resplandecerían en sus recuerdos. Tío Monty fue brillante y el tiempo que vivieron con él fue brillante. Bruce y sus hombres de la Sociedad Herpetológica podían desmantelar la colección de Tío Monty, pero nadie podría jamás desmantelar la idea que los Baudelaire tenían de él.

—¡Adiós, adiós! —gritaron los huérfanos Baudelaire, cuando la Víbora Increíblemente Mortal fue cargada en la furgoneta—. ¡Adiós, adiós! —gritaron.

Y, a pesar de que la Víbora era sobre todo amiga de Sunny, Violet y Klaus se encontraron llorando junto a su hermana, y, cuando la Víbora Increíblemente Mortal levantó la mirada para verlos, vieron que también estaba llorando, diminutas lágrimas como perlas cayendo de sus ojos verdes. La víbora también era brillante y, cuando los niños se miraron, vieron sus propias lágrimas y cómo brillaban.

—Eres brillante —le murmuró Violet a Klaus—, por haber leído lo de la Mamba du Mal.

—Eres brillante —le murmuró Klaus—, por haber conseguido las pruebas de la maleta de Stephano.

—¡Brillante! —volvió a decir Sunny.

Y Violet y Klaus abrazaron a su hermana pequeña. Incluso la más joven de los Baudelaire era brillante, por haber distraído a los adultos con la Víbora Increíblemente Mortal.

—¡Adiós, adiós! —gritaron los brillantes Baudelaire, y saludaron con la mano a los reptiles de Tío Monty.

Permanecieron juntos a la luz de la luna y siguieron saludando, incluso cuando Bruce cerró las puertas de la furgoneta, incluso cuando condujo a través de los setos con formas de serpientes y por la carretera en dirección al Camino Piojoso, e incluso cuando giró y desapareció en la oscuridad.

LEMONY SNICKET nació en un pueblecito cuyos habitantes eran desconfiados y propensos a causar disturbios. Ahora vive en la ciudad. En su tiempo libre reúne pruebas y las autoridades le consideran un experto. Éstos son sus primeros libros.

BRETT HELQUIST nació en Gonado, Arizona; creció en Orem, Utah, y ahora vive en la ciudad de Nueva York. Obtuvo una licenciatura en Filosofía y Letras en la Brigham Young University y ha trabajado desde entonces como ilustrador. Sus trabajos han aparecido en muchas publicaciones, incluyendo la revista *Cricket* y *The New York Times*.

A mi querido editor:

Le escribo desde la orilla del Lago Lacrimoso, donde estoy examinando los restos de la casa de Tía Josephine, para poder entender completamente todo lo que les ocurrió a los huérfanos Baudelaire cuando estuvieron aquí.

Por favor, diríjase al Café Kafka el próximo miércoles a las 4 de la tarde y pídale al camarero más alto una taza de té de jazmín. A menos que mis enemigos hayan tenido éxito, le traerá un sobre grande en lugar del té. En el interior del sobre encontrará mi descripción de esos horribles sucesos, titulados LA VENTANA GRANDE, así como un esbozo de la Cueva Cuajada, una bolsita con cristales rotos y la carta del restaurante Payaso Ansioso. También habrá una probeta con una (1) Sanguijuela Lacrimosa, para que el señor Helquist pueda dibujar una ilustración exacta. Esta probeta no debe ser abierta BAJO NINGUNA CIRCUNSTANCIA.

Recuerde, usted es mi última esperanza para que las historias de los huérfanos Baudelaire puedan finalmente ser contadas al gran público.

Con todo el debido respeto,

Lemony Snicket

Lemony Snicket